艾梅洛閣下II世事件簿

3

「case.雙貌塔伊澤盧瑪（下）」

三田誠

插畫／坂本みねぢ

Kadokawa Fantastic Novels

史賓・格拉修葉特
費拉特・厄斯克德司
卡莉娜

雷吉娜
蒼崎橙子
邁歐・布里希桑・克萊涅爾斯
伊斯洛・賽布奈
亞托拉姆・葛列斯塔
Characters
Lord El-Mello II Case Files

蒼白的死亡啊
「Pallida mors.」
那就是少年的咒語嗎？
史賓的頭髮簌簌顫動，
宛如頭髮本身變成了別的生物般蠢動著。
——節錄自第一章

艾梅洛閣下II世事件簿

3

「case.雙貌塔伊澤盧瑪（下）」

Kadokawa
Fantastic
Novels

Lord El-Melloi
II
Case Files

插畫／坂本みねぢ

艾梅洛閣下II世事件簿

3「case.雙貌塔伊澤盧瑪（下）」

目錄 Contents

「序章」 009

「第一章」 019

「第二章」 081

「第三章」 159

「終章」 245

「解說」 270

「後記」 274

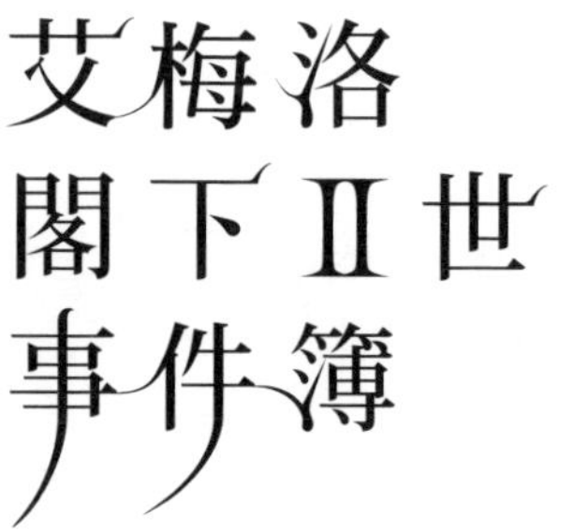

✦ 序章 ✦

「……妳認為人類會成長嗎？」

那句話宛如祈禱一樣。

明明單從字面含意來看，反倒可以解釋為傲慢的——凡人不論走到哪裡都是凡人——這種常見的拒絕意味，話者卻無比真摯，聽起來甚至像在話中託付了無可取代的願望。

這句話說不定與當時的舞台很相稱。

在古老冷清的教會裡，塗黑的聖母像俯視著我們。儘管那實際上並非聖母像之類的安分事物，至少他們是如此告訴周遭的民眾。

接著他問：

「反覆用功學習，變得擅長計算、得以默背歷史。像這種意義的進步確實有可能。我的學生中也有好幾個人在給予符合個性與特質的小建議後，立刻表現出顯目的發展。可是在本質上，那種進步可以稱為人類的成長嗎？」

那是我人生中第一次遇到如此直率的發問。

對了，一般情況或許不同。回想起來，從我懂事後幾乎不記得曾經被他人盯著看。我在團體中總是特別（孤獨）的，總是受到愛護（被排斥在外），由於這個緣故，能與我正常交談的只有被賦予人格的魔術禮裝。

我一直蜷縮在過於寬廣的教會建地內。度過受到周遭許多人期待，同時一事無成，總是持續別開目光的人生。

——這個世界為什麼沒有色彩呢？

我總是這麼想。

不，我明白真正的原因不在於世界。是自己映出世界的眼眸模糊不清，因此無論去哪裡都無法逃離黑白的世界。

灰色(Gray)的。

陰鬱(Gray)的。

灰色地帶(Gray)。

我從一開始就知道自己無論逃到哪裡，都是這樣的存在。相比之下，埋葬於大地下的人們是多麼誠實啊。他們不再撒謊，從所有虛榮與慾望中獲得解放，無比自由。和如此淒慘又難看的我之間有遠超過雲泥之別的差距。

……那個人在我已經放棄，徹底認命，甚至對蜷縮都感到疲憊不堪時前來。

我記得他一如往常地抽著雪茄。

他身穿漆黑西裝，背對著從彩繪玻璃外以斜角射入室內的陽光。逆光的表情很嚴肅，明明應該是獨當一面的成年人，卻有些像少年。

「可是……」

我開口出聲。

「你……不是鐘塔裡最成功的人物之一嗎？」

以當時的我來說，那是相當罕見——涉及他人情況的台詞。我不知道為什麼。然而，我動了問問看那個人的念頭。即使稍微改變平常的作風，我也想試著問他。

而他不甘情願地承認。

「……沒錯，我在這九年多中獲得了一定程度的地位。」

他的聲音中充滿感嘆和遺憾，與獲得地位之類的言詞不相稱。

宛如陳舊的齒輪嘎吱作響，他發出低沉的呻吟並攤開手。之後交叉握起戴著黑色手套的十指再次開口：

「我變得比從前更能運用正規魔術，也學會無聊的策略和談判手法。關於魔術的造詣應該也稱得上像樣一些了……可是，那又算什麼？」

連我都察覺，他在那段時間中的拚命積累。

那恐怕是段粉身碎骨般的艱辛時光才對。我不聰明，也不了解他所屬的鐘塔，卻能充分想像到他是多麼努力鑽研與自制，才達到如今的地位。

此刻，他正在否定那一切。

「……從前，我參加過在極東的一場戰爭。」

他說。

他丟下跟不上突然改變的話題的我，續道：

「在那場戰爭中有許多英靈和主人。英靈不用多說，簽訂契約的主人們也都是如今的我無從相提並論的高手與殺手。要說在這些人物中，遠比現在更不成熟的我為何能倖存，沒有比幸運更好的答案。由於太過青澀，其他人都不怎麼關注我。是啊，換成是如今的我大概會受到防備，反而輕易地遭到殺害。」

他的話語沒有任何預測成分。

雖然說是大概，背後卻帶著他多半在腦海中做過幾百次、幾千次精密模擬的重量。在那些模擬情境中，他到底死了多少次？

他在教會冰冷的空氣中開口：

「既然如此，從前的我不是比現在的我優秀嗎？」

「……如你所說，那是幸運所致吧。」

我也支支吾吾地反駁。

因為我覺得必須這麼做。

可是——

「沒錯，妳說得對。不過，被那種幸運和巧合推翻的東西可以稱為成長嗎？」

「…………」

話題回到一開始的問題。

他不是在引導對話走向，只是從一開始就在談論同件事。即使話多也並非巧舌如簧，僅僅過於正直地對一個問題追究到底，似乎是他的作風。

那認真的態度過於笨拙，令人不禁苦笑。

儘管其他人或許都不會這樣理解。

「些微的幸運和巧合會決定人生的分歧。那麼，人類在真正的意義上有所謂的成長嗎？其實人人都依舊是幼童，想服從於某個更卓越……與生俱來的王者不是嗎？」

他的口吻看似認命地接受世界就是那樣，卻又在對誰反駁怎麼可以繼續這樣下去。

他究竟是在向誰說話？

像在瞪著棲息在地獄的東西，他越說越起勁。

「我沒有任何成長，從那時候起沒有任何改變，完全沒接近我想成為的自己。」

「…………」

那番話在滲血。

靈魂的傷口絕不會痊癒，至今仍流出鮮紅的血液。不，他像在要求傷勢別痊癒一般抓撓著傷口。因為讓靈魂抽痛的痛楚能夠使他回憶起最初的衝動。

「我想改變。」

他的年紀已經將近三十歲了吧。

在那種年齡，還是飛黃騰達到連同行都瞠目結舌的人，為何會說出想改變之類的話？更何況，那個契機絕非閃閃發光的事物。那不可能是抓住星辰的天才會說出口且無止境的上進心。

（……厭惡。）

我心想。

那是我極其熟悉的感情。如泥濘般填塞在自己肌膚底下的東西。

（……啊啊……）

那一刻，我明白了。

故鄉的人們說我應該有更多改變。應該活用難得的資質，身具才能者不為世界有所貢獻本身即為難以饒恕的罪惡。

又或者是偶爾流通到這種偏遠鄉下的書籍中，得意洋洋地宣稱人應該接納原有的自我的言論。說什麼不論是無聊的自己或難堪的自己都保持原狀就好，灌輸讀者不負責任的甜言蜜語，曾讓我看得皺眉。

這個人和那些說法的任何一種都不同。

即使不看刻在他眉心的皺紋，不確認他緊抿著的嘴唇，這件事也清晰地傳達過來。他拒絕輕易地改變與怠惰地不變。

「但是……不，所以，我希望妳過來。」

他說：

「這只是我的任性。我未必能準備好妳能夠接受的報酬與未來，也許反倒會讓妳面臨危險。就算撕裂這張嘴，我也說不出我會保護妳這種話。不僅要由妳保護我，最後只有我倖存的可能性也很高。」

他一字一句誠實地說。

雖然我想他也不必從壞處開始說起，但那大概是他的特質。

「…………」

那份誠實讓我窺見另一個事實。

如同滲入言語中的血，如同挖穿靈魂的傷口，這個人此刻依然痛苦著。他對過去的選擇、現在的生活方式、未來可能造訪的可能性感到懊惱，宛如肺腑被刺穿一般痛苦。

所以，是那番話，而非道理讓我深有所感。

「縱然如此……我希望妳過來。」

「…………」

讓我覺得，這樣的話可以接受。

如果他願意陪我一起煩惱。

如果他願意陪我一起痛苦。

如果他願意陪我一起受傷。

那肯定會比無論多高明的賢者給的答案，更能成為我的路標……他讓我得以這麼認為。

「……可以答應我一件事嗎？」

我開口。

「請一直……討厭我的臉。」

至今我仍忘不了他驚慌失措的神情。

他應該是個好人。好到第一次看見我的臉時，會因為嚇得發抖而感到羞愧。

就算如此，相隔幾秒鐘後，他按住嘴邊的雪茄用力地點頭。

「我答應妳。」

艾梅洛閣下II世——我的老師說。

◆ 第一章 ◆

1

（……在那之後……有什麼事改變了……？）

突然想起的記憶，讓我微微瞇起眼睛。

不由得回憶起來的原因沒什麼大不了的。只是因為老師背對著夕陽，深深低下頭的身影和當時有點相似。

變得能做到某些事，卻未必等於成長。

然而，老師卻只累積起這種東西，正因為如此，這個人的生存方式才一直很痛苦。明明痛苦卻不逃開，也不像我一樣蜷縮起來，我至今也不明白他為何能保持那種狀態。

此處是山丘。

這個地方正好位於我們剛才眺望伊澤盧瑪的陽之塔、月之塔之處的另一側。濃郁升起的青草熱氣，不時嗆鼻得厲害。另外，在泥土與草叢之間隱約露出幾個野兔巢穴，讓人覺得這裡果然是成為名作舞台的土地。我在故鄉也看過幾本可愛的彼得兔與牠的家人的故事書。

從這裡俯瞰，血色般的夕陽和濃霧塗抹在附近一帶的草原上，世界宛如漸漸被置換成遙遠的幻想鄉。

「…………」

老師只沉默地在手邊的記事本上記著什麼。

——「好了，先進行出陣準備吧！」

說完如此勇敢的台詞後，他又重新回到調查作業上。

儘管如此，老師似乎透過史賓給的紙條和後續調查中得到了什麼進展，不時像回想到什麼似的向我和萊涅絲確認案件的來龍去脈。

「……當時提議逃亡的是黃金公主對吧？」

「當然了，沒錯，我的兄長。因為那種人物不可能會認錯。」

「然後，隔天早晨在黃金公主的房間內發現了屍體。房間依然用魔術鎖（Mystic Lock）上了鎖。」

「對，正是如此。」

他像這樣一一整理。

伊澤盧瑪的社交聚會後不久，黃金公主向萊涅絲探詢逃亡到艾梅洛家——貴族主義派閥一事。

後來，我們在隔天早晨前往黃金公主的房間時，她化為零散的屍體。身為第一個發現的人，接受探詢逃亡一事的萊涅絲被懷疑是凶手。接著，女僕卡莉娜的屍體也被發現，托利姆瑪鎢因為手上沾染她的血，遭到伊澤盧瑪關押——老師流暢地記下這些事情。

他用的筆是設計成獅鷲(Griffin)圖案的漆鋼筆。我記得那支鋼筆是前兩代當家傳下來的慣用之物，幾乎拒絕艾梅洛家所有遺產的老師難得收下鋼筆，應該相當中意它。

我喜歡微微摻雜在空氣中的墨水味。

這個味道和雪茄味一樣，總是沾染在老師身上。每次聞到，我發現自己不知為何會不可思議地鎮定。理由不得而知。說不定是老師用了促進精神安定的香料來輔助魔術，但我無意去問。

一旁傳來吵鬧的聲音。

「所以說～真凶一定是巴頓術好手！巴頓術真的所向無敵，又超棒的！掉下懸崖也沒事，還能點祕孔使人爆炸！穿牆和隱形也不費吹灰之力！」

「那是什麼亂七八糟的魔術。說到底，那是武術還是魔術？給我說清楚。」

「巴頓術就是巴頓術！那是源自夏洛克．福爾摩斯的傳統，老師一定也會！每個偵探都會巴頓術是理所當然！」

「費拉特，你竟然把老師和偵探這種低賤的職業相提並論！」

「咦咦咦！正統的巴頓術也會運用拐杖喔！那把拐杖一定是魔術的觸媒！所以那是為了魔術師創造的武術！現在之所以失傳，一定是有人藏匿起來，占為家族所有了！」

他們同為金髮碧眼，給人的印象卻正好相反。前者瘋瘋癲癲的發言像個吊兒郎當的少爺，後者則是帶著野性的端正美少年。

費拉特・厄斯克德司和史賓・格拉修葉特。

在艾梅洛教室的在學生中，被譽為雙璧的兩人。

「而且，夏洛克・福爾摩斯是種浪漫吧！開膛手傑克也是，雖然很可怕又對受害者過意不去，但他可是點綴倫敦(London)史的超級巨星喔！」

「別拿老師和殺人魔相提並論。再說，管他是夏洛克・福爾摩斯或拿破崙，只是在文學和歷史上有點成績的對象都不能跟老師相比！」

嗯，史賓的回答也相當脫線。在新世代(New Age)中也有人視老師為英雄，其實當中的最狂熱分子或是急先鋒就是這兩個人。雖然可以的話，我很想置之不理，但這麼做很可能導致情況加劇，乃至破壞設施，這是目前艾梅洛教室最大的煩惱。

「…………」

只是，我無論如何都不想接近史賓。

應該說，從他總是喘著粗氣，攻擊性地靠近我來看，他應該十分厭惡我。雖然我習慣了不受他人喜愛，但遭到如此強烈的拒絕讓我有點傷心。

現在也是，他一邊和費拉特交談一邊頻頻偷瞄我，果然是在牽制我吧。

「不不，那怎麼可能。」

坐在我身旁的萊涅絲突然開口。

她兩手抱膝而坐，頭倚在膝蓋上極為愉快地側眼注視著我。她得意地彎起嘴角，讓我不禁懷疑是不是受到欺負了。

「……什、什麼？」

「妳在想史賓是不是討厭妳對吧？」

她就像看透我的想法般揚起下巴，我屏住呼吸。

「……萊涅絲小姐，讀心……」

當我說到此處時，戴帽子的少女雙肩顫抖，以拳頭抵在嘴邊低聲發笑。

「不需要那種方法，我一看表情就知道了。嚴格來說，重點在於眼睛的轉動方式、手指及手的位置。妳說不定覺得自己沉默寡言，但其實話相當多喔，愛說話的程度和亞德不分上下。」

「那、那是……」

聽到有點衝擊性的評價，我不由得支支吾吾起來。

「咿嘻嘻嘻嘻！喂喂說亞德大人我愛說話可真過分！我明明是如此沉默寡言、聰明又優雅的匣子！」

我極力忽視從右手附近發出的聲音。

這時，費拉特回頭喊道：

「啊，小格蕾！今天可以和亞德說話嗎！給我看給我看不介意的話也讓我跟它說話讓我拆開它！」

「所、所以說，你別輕易地找格蕾妹……格蕾小姐攀談！」

他們兩人想靠過來而走近這裡，我的肩頭不禁一顫。

「……你們安靜一點。另外，史賓除了緊急情況，不准進入格蕾的半徑五公尺內。」

老師苦澀地說。

然後——

「有客人來訪。」

他蓋上鋼筆筆蓋。

「——有什麼發現嗎？」

光是聽見聲音，就讓意識陶醉地朦朧起來的音色在草原上響起。

那名女子切斷雪茄氣味和夕陽色彩佇立著。連拉長的影子從她身上掉落後，看起來都像完全不同的某種事物。

說不定是死神的影子。

「白銀公主。」

老師呼喚戴面紗女子的名字。

文靜的女僕隨侍在她後方的一步之外。

「雷吉娜小姐……」

「……………」

跟隨白銀公主的雙胞胎——曾是雙胞胎女僕的其中一方低垂著眼眸，不發一語。

取而代之的，她的主人開口：

「初次見面，艾梅洛閣下II世。我聽說過你的傳聞。」

「我想我沒有什麼正面傳聞。」

面對苦笑的老師，白銀公主抬起頭。

我以為風停了。傳入耳中的聲音全部消失，甚至連草原上的野花彷彿也沉醉於她真實的面貌。從面紗下露出的是韻味和黃金公主有些不同——但仍然與世隔絕的美麗容顏。

「關於家姊蒂雅德拉——黃金公主與卡莉娜的死，你知道了什麼？」

那個聲音直擊老師的身軀。

美所帶來的氣場彷彿也貫穿至我的體內深處。

「我向已故的兩位致上由衷的哀悼之意。」

老師彎腰鞠躬，有禮地說。

他的聲調中蘊含著未經作假的真心。或許是因為他曾喪失過許多事物。在昔日的戰爭中，老師失去的事物究竟有多少？即使日後得到許多東西，但那足以放在天秤上衡量嗎？

「不過，我認為正因為如此，有必要查出真凶。」

「你相信你的義妹並非凶手？」

「是的。」

老師斷然回答。

我一瞬間不禁愣愣地眨眼。

白銀公主的氣息好像變得溫和了一點。

「……妳有個好哥哥。」

「是啊，我當然這麼認為。」

萊涅絲坦率地接受這句話，意味深長地頷首。

我覺得……碰到這種場合，萊涅絲有認為先虛張聲勢就行了的一面。

她順帶詢問：

「托利姆瑪鎢的情況如何？」

「月靈髓液（Volumen Hydragyrum）正由父親大人珍重地保管著。」

「嗯。關於這一點，我相信伊澤盧瑪。」

萊涅絲傲慢地點點頭。

不過，她內心絕不安穩。因為托利姆瑪鎢是艾梅洛家最重要的魔術禮裝之一，而她被當成抵押品帶走的情況沒有改變。

彷彿有把看不見的小刀抵著我，異樣的緊張感逐漸布滿世界。如果魔術是基於意志構成，這或許也是一種魔術。不靠魔術基盤和術式，眾人自古以來即知曉的詛咒。無論言語或意志都是因為看不見而神祕，也是並非魔術師的人們講述許多傳說的動力。

老師突然有了動作。

「……對了，這好像是妳姊姊的隨身物品。」

他將放在口袋裡的東西拿給女僕雷吉娜看。

那是一條項鏈，石頭上刻著漩渦花紋。

看到染血的裝飾品，雷吉娜微微睜大雙眸。

「……謝謝。這的確是姊姊的東西。」

「花紋很有凱爾特風格。」

「是的。在我們出生時……奶奶……」

也許是很懷念，當女僕正要說明過去之際——

「————唔！」

彷彿刺進全身的寒意朝我襲來。

我忍不住抱緊雙肩，像打冷顫般顫抖著呼喚：

「老、師……！」

「——唔？」

「嗯，我也感覺到了。憑兄長遲鈍的感覺，應該頂多只覺得有點噁心吧。」

萊涅絲閉起單眼應聲。多半是魔眼有所反應。

「妳別亂說！」

「哼。事到如今，別因為我說出事實而不停抱怨好嗎？更重要的是，白銀公主閣下，剛剛那個不是伊澤盧瑪的結界嗎？」

基本上，結界是「分隔那邊與這邊之物」。如果目的是隱藏，頂尖的結界根本不會被發現。無論是多強大的魔術師，也無從解除從一開始就不知其存在的結界，因此這種結界是最頂尖的，道理極為簡單易懂。

不過，結界同時還有另一種意義。

那就是保護。

保護存在於內側的某些人，使其遠離所有外敵的屏障。對敵對的魔術師起反應的結界也是這種類型之一。魔術師管理的土地上張設了許多這類結界，作為某種警報以通知敵方來襲。

不過，連內心想法都能詳細查明的結界幾乎不存在。如果那種東西能輕易運用，根本不可能發生凶殺案。

也就是說，這次對手無意隱藏，顯露出敵對的魔力。

「告辭了。」

白銀公主匆匆行禮後轉身。

目送她們快步返回雙貌塔的背影後——

「……教授。」

「費拉特？」

「大概是在那邊。」

受到呼喚的少年指向從山丘可以看見的森林方向。

「嗯～我看超過十個人？不，二十……咦，超過三十人？」

這名少年在大多數領域都留下優秀的成績，不過在魔力探測方面的才能更出類拔萃。

正因為如此，不管平常態度多麼靠不住，他的發言肯定具有分量，而老師的眉頭皺得更緊了。

「這麼多人在這種時機襲擊伊澤盧瑪？」

萊涅絲眨眨眼。

我實在不認為是巧合。

魔術師大軍襲擊才發生連續凶殺案的伊澤盧瑪。這若是巧合的話，那可不需要什麼魔術。魔術是欺騙世界，重現某種超自然現象，但這種負面奇蹟若是濫發，世界早已遭到魔術侵蝕了。

「對，當然不是巧合。」

老師開口：

「史賓，是你調查過的傢伙。」

「可是老師，若是那個，我們——」

史賓說到一半打住。

因為說到底，被伊澤盧瑪視為兇手的是我們。襲擊對我們而言是否有利？還是會破壞一切？在混亂的狀況中，採取什麼對策才是最好的？

當所有人都想不出好主意時。

夕陽突然消失。

是雲。從東方飄來的烏雲轉眼間籠罩伊澤盧瑪的土地，當我們看到烏雲以極不自然的速度和規模立刻在我們的頭頂擴散時，屏住了呼吸。

低沉的雷鳴轟然作響。

「——老師！」

我想也不想緊抱住老師，縱身一跳。

幾乎同一時間，強烈的衝擊從背部打上全身。

那正像是場轟炸。不知道積蓄了多少魔力，這一擊撼動大地，令在場所有人僵住。雖然絕大多數的電流都傳導至地底，但光是餘波就足以震撼所有人。

「嗚，格蕾妹妹！」

「……格蕾。」

「我不要緊。」

我輕點點頭。

格外慌亂的史賓遵守老師的吩咐，在正好五公尺外東跑西竄，有點好笑。

「剛剛的雷擊是——！」

「……看樣子是有禮的問候啊。」

老師低聲呢喃。

在雷擊後的——我記得是離子化什麼的——焦臭味中，老師咂舌一聲，仰望天空。

「算準黃昏施展天候魔術，是按照古老的常規操作……目標是剝奪伊澤盧瑪的土地守護嗎？」

當土地受創，魔力自然會比平常更難以流動。在魔術師管理土地的情況下，為土地施加防御魔術是理所當然，相反的，襲擊方從讓防御失效開始著手也是常規做法。

這次的襲擊者們雖然規模龐大，手段倒是穩紮穩打。

很快的，我感覺到伊澤盧瑪之塔也有魔力流動。

魔力來自月之塔。不用說，伊澤盧瑪的工房設在那邊，大概是發動了什麼魔術。雖然還不清楚魔術將採取什麼形式，至少我不認為會產生我們歡迎的結果。

的實力，明顯無法與來襲的任何一名魔術師比肩。

「我想暫時避讓一下，以免受害。」避讓聽起來好聽，意思就是不想被流彈波及，所以想專心地逃跑躲藏。當然，以老師的實力，明顯無法與來襲的任何一名魔術師比肩。

萊涅絲哼了一聲。

「你不說想頭也不回地逃跑嗎？」

「我當然很想。可能的話，我想抱頭鼠竄，不再踏入這片土地——要不是某人有東西被扣留在那邊的話。」

「喔喔，沒想到兄長會出言挖苦我。屈辱感令我渾身發抖，臉頰發燙呢。如果你對那種方面感興趣，請務必努力開發。」

「誰會對妹妹搞無聊的應酬啊。趕快找個安全地區，躲起來等到局勢平息。」

老師挖苦地說完後，正準備轉身時。

「……不。」

他推翻前言。

「已經闖禍了嗎？」

「……咦？」

我也立刻領悟到老師苦澀話語的意義。

「……費拉特！」

我回過頭去，不禁呼喚他的名字。

那名少年忽然消失了。儘管他是在震耳欲聾的雷鳴中溜走，姑且不論老師和萊涅絲，連我都沒有發覺，大概是以相當巧妙的方法隱匿了行蹤……他是很擅長這類事情的魔術師。

「我去追他！」

「唔！等等，史賓！」

還來不及阻止，這次換史賓衝了出去。

他飛奔的速度，快到連我解放亞德也沒那麼快。也許是憑嗅覺追蹤，明明應該沒有任何線索，捲髮少年卻筆直地跑向森林，消失無蹤。

「唉，真受不了！所以我才叫他們別來當地！」

老師摸摸胃部，眉心的皺紋變得更深，發出一聲長長的嘆息。

2

「……嗯，還不賴。」

褐色肌膚的青年——亞托拉姆面帶殘酷的微笑，注視自己造成的轟炸痕跡。

此處是附近的高地。

高地位於半山腰，可以俯瞰相距數公里的伊澤盧瑪土地。他用優美的古董望遠鏡（Opera glass）從建造在該處的旅館大廳觀看情景。

青年將坐在一旁，服裝暴露的侍女摟過來，向她呢喃。

「怎麼樣？我有自信，這足以比上那場將情敵連同城市一併燒燬的女巫之火。」

青年用名為美狄亞的英靈施展過的屠殺術式當比喻，誇耀自己的成果。

當然，這與那場火遠遠無法相比。

那場在西元前，人類遠比現在更接近魔術的時代燃起的大火，短短一小節（One Count）術式甚至能匹敵現代的轟炸機。現代的魔術師不管再怎樣努力鑽研、連結儀式，也未必搆得到一點邊。

不過縱然如此，也不得不說這個術式非常卓越。

影響天候的魔術規模龐大，但絕不罕見，倒不如說廣泛到幾乎全世界都有乞雨及比照乞雨的儀式。只是，連現實中的魔術師施展成功的案例都不多，在眾多神祕退化的現代更是如此。這次地點是原本就天氣多變的湖區，他只是在容易產生雷雨雲的情況齊備之際推波助瀾，但結果值得稱讚。

其家族的數十名魔術師，此刻也為此獻上儀式。

介於日夜之間，大多數防禦魔術衰弱的時刻也推動這場突襲。

「來，掠奪吧！篡奪吧！有效率地動手！」

青年爽朗地笑了。

亞托拉姆家——葛列斯塔是像這樣暴富起家的家族。

想要就搶。

握住利刃揮下去就好。

亞托拉姆一直接受這樣的教導。為了選定一族首領，父親給予包含他在內的兄弟們著重於權力鬥爭的種種試煉，而青年用最有效率的方法處理了一切。然後，不同於繼承在協會的爵位卻不踏入魔術世界的父親，亞托拉姆意氣風發地接納了魔術。

他認為被視為落伍的魔術在現代反倒有益。

就連制伏繼承來的魔術刻印時的痛苦，對他而言都是種愉悅。因為那是玩味自己贏得的戰利品價值的最佳良機。

「來。」

他端著盛著葡萄酒的酒杯站起身。

「慢慢後悔從我手中奪走最佳獵物的罪孽吧。」

＊

土地的管理者(Owner)掌握到這是魔術發動的轟炸。

此處是月之塔。

——水盤。

在房間的中央，古老的陶器水盤內，盛著從這片土地湧出的清水。水面漣漪清清楚楚地映出敵對魔術的威力與規模。雖然類似的魔術多得是，唯有在自己管理的土地上才能達到這種精密度。而創造科(巴爾耶)是特別擅長操作這種魔術禮裝的派閥。

「宣戰宣言嗎？」

魔術師恨恨地低語。

他依然俯視著水盤，用力咬住嘴邊的菸斗。

他是拜隆卿。伊澤盧瑪的當家感應到異變後立刻啟動水盤，觀察襲擊者們的樣子。

正因為如此，他斷定這是宣戰宣言。否則，對方應該也能像殺害愛女——黃金公主和女僕的凶手一樣暗中迫近。倒不如說依魔術師的特質來看，那麼做才是正道。如同許多國王與貴族請求魔術師下詛咒一樣，不必接觸即可殺人是魔術師之戰最大的優勢。然而，無視這個基本，如此規模浩大地攻過來，只會是宣戰宣言。

他想過他們說不定遲早會發動攻擊。

拜隆聽過葛列斯塔的傳聞，也做過得罪他們的事。儘管是剛出中東的新興家族，他們的衝勁和野蠻也因此值得特別一提。就像鐘塔的一部分魔術師，只要有報酬可拿，無論動用多強硬的手段，葛列斯塔都不會遲疑。

然而，偏偏是在這種時機找上門——

拜隆卿苦惱一會兒後走出工房。

他朝在工房外走廊上等候的兩名魔術師開口：

「邁歐、伊斯洛。」

「是、是。」

「……是。」

藥師慌張地，禮服的織工則陰鬱地點頭。

「你們去陪著艾絲特拉。」

「……戰鬥方面呢？」

伊澤盧瑪的當家朝詢問的織工——伊斯洛搖搖頭。

「你們的魔術不適合吧。」

拜隆卿只留下這些話就離去，他拄著拐杖，盡可能快步前進。

他在半途中叫住另一名僕人。

「依諾萊大人呢？」

「巴爾耶雷塔閣下關在自己的房間裡，她交代今夜不需要晚餐。」

「是嗎？」

他朝回答的僕人微微點頭。

那位女中豪傑不可能沒察覺這場異變。這是在表明她無意參與。意思是此事始終是伊澤盧瑪的糾紛，並非本家巴爾耶雷塔會介入的案件。

「依諾萊大人無意參與的話，那樣也好。」

拜隆卿說道。

可是，有件事情令他掛心。像扎在指尖的尖刺般隱隱作痛，干擾他精神的可能性。

「…………」

一開始，他認為黃金公主和女僕的死是敵對派閥造成的。

伊澤盧瑪和本家巴爾耶雷塔一樣屬於民主主義派閥，遭到巴露忒梅蘿率領的貴族主義派及還自認騎牆派的中立主義派進行某些妨礙工作也不足以為奇。因為在鐘塔的權力鬥爭中，人命如同草芥，毫無意義。

然而，此刻在他心中萌生的是截然不同的——更應該畏懼的可能性。

（……巴爾耶雷塔閣下親自和那個家族共謀了嗎？）

他想要否定。

可是，身為魔術師的冷酷部分同時告訴他。

這很有可能發生。如果為了魔術發展所需，不由分說地奪走分家的祕寶與人才這點小事是家常便飯。如果分家想反抗，連同血親一併毀滅在魔術師的歷史上也不稀奇。屬於某個派閥，代表在接受庇護的好處之餘也要承擔這種壞處。

不。

（該不會……殺害黃金公主的也是……）

異常恐怖的可能性閃過拜隆卿的腦海。

他絕對無法否定。既然身為魔術師，無論是多麼抱有好感的對象都絕不能信任。在那裡的是為了魔術出賣過一切的怪物，如果造成阻礙，哪怕對象是血親都會毫不在乎地撕裂的指向(Vector)。

否則誰要當什麼魔術師？

「……啊啊。」

他發出齒輪傾軋般的嗓音，呻吟頷首。

「……若是依諾萊大人，說不定也會接納暴發戶。鐘塔的民主主義就是這樣吧。她說不定會輕率地宣稱應該認同有衝勁的勢力，作為魔術師也應該接受新變化。」

在走廊上一邊走一邊呻吟的聲音中，潛藏著難以拭去的厭惡。

伊澤盧瑪同樣在鐘塔屬於民主主義——認為應該不受血統所限，錄用優秀人才的派閥。不過，那不代表接受了一切。身為魔術師的本能無論如何都會朝過去邁進。那種本能訴說著，長久累積的血統才重要。

——「美麗很美好。就算只有短短一瞬間，光是存在過即具有價值。我們唯一要做的，只有奔跑穿過這個剎那——同樣地，當下的時代應該不拘過去血統，由當下的人經營，這是我們的信念。」

依諾萊在那場社交聚會上說過。

正是如此。創造科永遠的理想就在於此。可是，理想同時是無法觸及的幻影，我等必須在這個現實中生存下去，鞏固立足點。

再加上，如果在錄用新人才時準備捨棄的是自己的血親呢？

若是那名年輕人——率領現代魔術科（諾里奇）的君主（Lord），會怎麼回答？

「…………」

他發出咬牙切齒的聲響。

物。

雷聲鳴響。染白大窗戶的白光暫時映照出拄著枴杖的紳士側臉——也顯現出別的事物。

「……好。那麼，我拜隆・巴爾耶雷塔・伊澤盧瑪就親自讓你們見識見識。」

他的影子宛如惡魔般緊貼在牆壁上。

3

——費拉特・厄斯克德司。

那是生於地中海周邊國家，一路以來備受期待的少年之名。

厄斯克德司家族是古老的魔術師家系，卻不曾留下醒目的成就。無論是歷代當家的魔術迴路或長年鑽研的魔術，都不曾得到平庸以外的評價——但是，出生於這個家族的費拉特只能說是異常的天才。

數量傑出的魔術迴路與足以控制迴路的壓倒性才能。

他作為深受期待，前途無量的神童被送往鐘塔，同時卻是連鐘塔都感到棘手的天才。費拉特一開始被託付給降靈科副學部——召喚科的學部長羅克・貝爾芬邦，但不到幾個月就轉到其他學部。他那非比尋常的才能接二連三地引來新的學部招攬，又以不斷刷新紀錄的速度折磨著講師們的胃，將他放逐。

理由很簡單。

他充滿作為魔術師的理想才能，可是在才能以外的部分完全不適合當魔術師。

周遭眾人說他有性情散漫等問題。

事實上，比起異能與超凡特質，是經過幾個世代持續增加的執著，更讓魔術師在現代得以成為魔術師。緊緊抓住歷史的陰暗面數百年，有時超過千年的強烈思想，本身擁有某種強烈的「力量」。即使科學在一些方面超越魔術，只要這些思想尚未根除，魔術就不會滅亡。

可是，他在那一點上落後太多。

或許這是他非比尋常的才能造成的。周遭眾人也不清楚理由，至少費拉特・厄斯克德司這名少年並未流露出像是魔術師的執著。他始終散漫地多管別人的閒事，卻又像塊海綿般吸收教學內容，持續保持幾乎滿分的紀錄。嚴重的時候，他甚至會笑眯眯地對講師的教學內容提供建議，展現讓一些術式的效率在轉眼間改善的驚人絕技。

從講師的角度來看，沒有比這樣更大的屈辱。

如同面對最好的原鑽，卻完全無法切割一樣。他的講師總是不斷遭受到沉默的指控，責怪他們得到如此卓越的才能，卻沒辦法使其好好開花結果。對於鐘塔而言，為了魔術的發展，也不可能選擇捨棄這份才能，而講師們一接近他，胃部立刻慘遭擊倒的情況反覆上演了將近一年。

結果，好幾個學部與派閥放棄寶物，他終於被託付給艾梅洛教室。當時已收下許多問題兒童的艾梅洛教室這次也淋漓盡致地發揮能力。大家一致認為，艾梅洛教室成功地讓少年的天賦迅速成長。另外，艾梅洛閣下II世的胃也與他的成長成正比，遭受到毀滅性的傷害則是另一段故事。

無論如何。

費拉特此刻追蹤著襲擊者們的魔力。

此處是森林。

他追蹤先前在山丘上感應到的魔力，直接從草原跑進森林。就算不考慮未經整備的道路路況，他的速度也快得如同職業馬拉松選手，這方面是「強化」魔術帶來的效果。

途中，費拉特抬頭瞄了從樹葉縫隙間看到的烏雲一眼。

「唔嗯～真了不起！因為副作用很強，操縱天候可是在鐘塔都幾乎無人實踐的項目！啊，可是這個人效率有點差。術式大概是由三十一……三十二人構築的，不過第七號和第二十號的人交換位置會更好。我得提醒他！」

他用非常燦爛的口吻吐出一串胡鬧的台詞。

光聽聲調只會覺得少年抱著百分之百的善意，卻教人十分尷尬——這份善意一路摧毀了好幾名鐘塔講師。到了這種程度，就算將之定義為新型態的詛咒也沒有人會生氣吧。

只是這一次，有個聲音基於不同的意義責怪道：

「……費拉特。」

「嗚哇，已經找到了！」

費拉特回頭，瞪大雙眼。

一頭捲髮的少年站在他頭頂的樹枝上。他倚靠樹幹摸摸鼻頭，用活像嫌骯髒似的眼神俯視同學。

史賓·格拉修葉特。

只比費拉特早一個月左右加入艾梅洛教室，資歷最深的在學生。話雖這麼說，由於艾梅洛閣下II世不想長期照料學生，他採取凡是達到一定基準就讓學生陸續畢業的方針。

「說什麼已經，我現在不可能會認錯你那輕飄飄又輕浮的鮮黃色味道——好了，回老師那邊吧。」

「咦咦咦～！」

費拉特像聽到要離開玩具賣場的小孩一樣發出抗議。

「……你喜歡被我用武力拖回去嗎？」

「不不不！狗狗(Le chien)你想想！教授正在煩惱耶！」

「而你準備在這個節骨眼給他添更多麻煩，所以我才這麼說。」

「哪有這回事！」

費拉特揮揮手，露出微笑。

「因為教授一定會高興的！」

「……什、麼？」

史賓皺起眉頭。

「因為啊！伊澤盧瑪家抓住了小托利姆吧！既然這樣，如果我們打倒襲擊伊澤盧瑪的壞人們，他們搞不好會出於感謝歸還小托利姆！教授也會對我們感激不盡！瞧，我的計畫很完美吧，狗狗！」

別說是完美，這本來是個必須拒絕的計畫。不管怎麼聽都充滿漏洞，漏洞底下還周到地插滿淬毒的利刃。

可是——

「總之，別叫我狗狗。」

史賓說。

一陣沉默籠罩空氣。那種沉默屬於艾梅洛閣下II世如果在場，會不得不撫摸腹部的類型。也就是讓人有種預感，事態別說是平息，反倒會更加惡化的沉默。

「而且那些傢伙害格蕾妹……格蕾小姐受苦了。」

他低喃。

不久後，少年搔搔一頭捲髮，舔舐嘴唇。

「……好吧。我加入。」

＊

森林的正中央。

好幾個人影在鬱鬱蒼蒼的茂密草叢中奔跑。

他們撥開高度及腰的草叢，衝向伊澤盧瑪的雙貌塔。他們對行進的路線毫不猶豫，不把崎嶇不平的地形與纏繞的爬山虎當一回事，如果回到不久前的時代，或許會被當成是惡魔軍隊。一行人無一例外地穿著綠色兜帽與披風遮住身軀，也加強了這種想像。

在打雷之後，下起了雨。

一場宛如砸在地面的傾盆大雨。不過，淋著雨的襲擊者們嘴角反倒浮現得意的笑容。因為他們知道，這是給予他們的支援。有力的後勤支援正鼓舞著他們這些魔術師，此刻也正在剝奪伊澤盧瑪的加護。

有一個人抬起頭。

一名拄著拐杖的紳士站在前方的開闊空間。

「……拜隆卿。」

「真有一套。讓天氣成為助力嗎？這裡原本就是氣候多變的地區，但我可沒遇過做得如此漂亮的對手。」

紳士準確地評價襲擊者的力量。

他完全看清對現代的魔術師而言，施展這種規模的魔術有多困難——或是即使困難，也十分有可能實現的這一點。在魔術戰中，最重要的是看穿彼此擅長的術式。忠於基礎，堅定歷史，拜隆卿踏在正道之上。

「……既然明白，那就實現我等的希望如何？」

一名襲擊者戲弄似的說。他態度傲慢，彷彿在說事到如今不提要求的內容，你應該也清楚。

然而——

紳士也同樣浮現無畏的笑。

「不過，如果你以為伊澤盧瑪軟弱無力，那可就錯了。」

他以拐杖抵上地面。

霎時間，拜隆卿的周圍浮起某種球狀物。

反射從樹葉縫隙間灑落的夕陽，喚起憧憬的肥皂泡泡。

不過，事實上絕非這麼和諧。蘊含著拜隆卿魔力的肥皂泡泡立刻無視空氣流向，不自然地飄動並包圍魔術師們。由肥皂水形成的表面搖晃旋轉，倒映出保持警戒的襲擊者們的身影。

「…………」

襲擊者們不發一語地望著肥皂泡泡。

沒有任何人輕率地試圖弄破肥皂泡泡。每個人都具備作為魔術師最低限度的素養。

可是，無數顆肥皂泡泡緩緩地縮小包圍圈，逐漸阻斷他們的退路。

「伊澤盧瑪的彩虹球，各位覺得如何？」

拜隆卿低聲呢喃的，是術式名稱嗎？

啪，肥皂泡泡迸開。

泡泡內沒有衝出來歷不明的魔獸或什麼東西——至少看起來沒有。然而，幾名襲擊者立刻按住喉嚨趴倒。

「——唔！拜隆！」

怒火中燒的襲擊者施放出大量雷擊。

聚集貼近至拜隆卿身軀的肥皂泡泡也抵擋了這波攻勢，卻未能完全擋下。大約三成的雷擊貫穿肥皂泡泡打傷拜隆卿，逼得壯漢紳士跪倒在地。

「哈！總歸是個窩在鄉下的沒落收藏家！」

倒下的襲擊者們也緩緩恢復，和暴怒欲狂的同伴一起編組新術式。

拜隆卿也按住燒傷的肩頭，再次以枴杖拄地。數量倍增的肥皂泡泡在襲擊者前方建造起虹色堡壘。考慮到他同樣是創造科的一分子，這一戰同時是看拜隆卿創造的藝術會如何阻擋襲擊者們的戰鬥。

然而——

「嗚哇！已經打起來了！」

此時，一聲怪叫在森林中迴盪。

接著，肥皂泡泡群自動產生反應，向位於襲擊者反方向的草叢崩塌落下。

原本應該破壞周邊的氧氣阻礙對手呼吸，使之陷入窒息的肥皂泡泡沒有展現出任何效果，平凡地迸散開來，是最令拜隆卿驚訝的事。

「怎麼搞的？」

「是伊澤盧瑪的走狗嗎！」

襲擊者們緊張不已。

但是，從草叢中探出身體的少年臉龐太過天真無邪。

他置身於露骨的廝殺戰場中，環顧四周——

「你是拜隆卿吧！伊澤盧瑪家的！」

笑瞇瞇地詢問。

拜隆卿可說是憑藉著意志，才勉強沒表露出內心的動搖，反問對方。

「……你是誰？」

「艾梅洛教室的費拉特．厄斯克德司！參戰！」

金髮少年俐落地敬禮，轉身望向襲擊者們。

他抱起雙臂，得意地哼了一聲後朝往樹上呼喚：

「好了，動手，狗狗！」

「別叫我狗狗！」

還在樹上的史賓怒喝一聲，也跳到地上。

他低喃抱怨難得藏得好好的，同時輕輕搓搓鼻頭。

「你們的臭味是尖銳刺激的鐵腥味。個個都只有猥瑣骯髒的殺氣特別顯眼。」

「…………」

直到那時為止，襲擊者們都小看了少年們。

當然，他們知道在這種情況下來插手的人有一定的危險性。外貌與實力不成正比，對魔術師而言更是鐵則。正因為如此，他們在嘲笑的同時保持警惕，準備施展魔術。

可是，魔術還來不及發動——

「喔喔喔！」

史賓吼叫。

單靠那股音壓，就對襲擊者的魔力造成影響。

亞洲有許多地區認為狗吠聲能驅魔。或許少年的聲音也具備類似的效用，應該由魔術迴路轉換的魔力宛如初學魔術（Frame）的老么般，悉數煙消雲散。

「你難道是……」

「——艾梅洛教室的史賓．格拉修葉特。」

他報上姓名與咆哮的聲音，在瞠目結舌的襲擊者們眼前變成不同的形態。

「Pallida mors（蒼白的死亡啊）.」

那就是少年的咒語嗎？

史賓的頭髮簌簌顫動，宛如頭髮本身變成了別的生物般蠢動著。髮絲逐漸伸長到覆蓋背部的長度，少年的犬齒也變成會誤認成利刃的巨大利牙。美麗的程度不變，樣貌(Vector)替換。

他縱身躍起。

儘管如此，襲擊者們仍做出正確反應。

亦即施放待命中的魔術。以短短一小節詠唱產生雷電的魔術，應該會經由後勤支援的天候魔術大幅強化，將可悲的對手燒光。

伸出的手消失了。

不知道他們有沒有察覺，是史賓和利牙一樣伸長的銳利尖爪割斷了他的手。大量出血的魔術師喪失意識，趴倒在草叢中。

史賓的影子就這麼在樹木間跳來跳去。從樹幹到樹枝，從樹枝到樹幹。動作絲毫感覺不到任何重量，如無重力般異常的多角跳躍著。

「——嗚！」

一名試圖應對的襲擊者瞪大雙眼。

在雷光中浮現的身影令他倒抽一口氣。史賓．格拉修葉特的外觀改變了。他全身肌肉隆起，讓人誤以為是傳說中的幻想種——狼人，長出一根根硬度相當於金屬針的體毛。

不，他實際上的質量並未改變。仔細一看，衣服與鞋子也沒有撕裂的痕跡。是少年纏繞著身體且密度異常的魔力，使他看起來像狼人。

應該稱為幻狼嗎？

獸性魔術。

在許多土地上，都有人著迷於將野獸的能力納入魔術中。

不，不只魔術。例如在中國武術中，像形意拳與白鶴拳等從野獸動作獲得靈感的武術不勝枚舉，西方舞蹈與藝術也頻繁地加入天鵝與獅子的主題。說到底，從人類和野獸訣別的那一刻開始，牠們就成為讓人類發現神祕的一方。

史賓・格拉修葉特使用的魔術正屬於這一類。

如同狂戰士這個詞彙的原意為身披熊皮之人一樣，他以某種祕法從內在引出莫大的獸性。獲得野獸神祕的身軀，大幅超越單純「強化」的框架，以壓倒性的速度和臂力蹂躪敵人。

就算是魔術師，應對不了快得無法認知的速度也屬自然。

魔術師們立刻如稻草屑一般彈飛出去。

地點在森林中央或許也強化了史賓的優勢。在能見度下降的傍晚森林裡，不管再怎麼「強化」視力也跟不上史賓的動作。在這種情況下，只要稍微接觸到他轟然揮落的利爪必定會被削掉一塊肉。

「那麼……！」

剩下的魔術師們改變策略。

他們一邊將原本密集的陣型散開，一邊啟動術式。既然近距離敵不過，從遠距離除掉對手就行了。他們對戰鬥熟悉到足以立刻切換戰術——同時不熟悉這樣的異能。

「嗯嗯，那邊就這樣轉一轉吧！」

費拉特轉動手臂。

愛好某種運動的人，說不定會發現費拉特轉動手臂前擺出了跟魔術師們一模一樣的姿勢。在心理學術語上，這是為了讓對方安心而模仿對方舉動的行為，稱為鏡像，但在此刻伴隨著截然不同的意義。

「開始干涉（Play ball）。」

魔力的指向分歧了。

從他們手中放出的雷電一施放出去就改變方向掉頭。立刻被自己的雷電灼燒的魔術師發出慘叫。費拉特的行動帶來與某種交感魔術——使用和對方相似的人偶下詛咒一樣的效果。

這是某種偏門法術，與東南亞一帶不時可見的詛咒。

……在遵照傳統歐洲魔術基盤的鐘塔一般傳授的魔術中，這些並不存在。

不過，對費拉特來說是一樣的。

少年的魔術很特殊。

不但屬性是稀有的空屬性，他使用的技術也極為奇特。從世界各地的魔術取其長處運用，雖然在現代魔術被歸類為混沌魔術等分類，但艾梅洛閣下II世給的評價是「這根本是低級趣味魔術」，他本人也嚷嚷著「教授替我的魔術命名了！」，興高采烈地向周遭大力宣傳。

不過，這樣的術式一般而言是行不通的。

實際上，混沌魔術的魔術基盤極度脆弱。可用的魔術變化程度有限，別說從「取其長處運用」這種說法聯想到的全能性，甚至連正常建立術式都很困難。明明是這樣，費拉特·厄斯克德司在「不知為何行得通」這一點上，毫無疑問是特立獨行。

特別是在干涉他人魔術的領域，費拉特展現了異常的天賦。

「……你說……艾梅洛教室……」

襲擊者之一如呻吟般地說。

艾梅洛教室的雙璧，可以說是代表鐘塔新興勢力的招牌人物。儘管他們都屬於古老的血統，實在難以稱為新世代，卻因此繼承雙方的長處，充分地發揮實力。

源於古老魔術的強大，與源自於新講師的靈活性。

不知道是否有意識到這一點，他們的動作流暢又協調。

「好～狗狗，加快步調！讓我們來一波艾梅洛無雙！」

「就說了，少發號施令！」

史賓用沙啞的嗓音反駁，動作卻與嘴上說的相反，從費拉特阻礙魔術的地方開始痛擊襲擊者。魔術師大多都異常地自我中心，若不屬於同一個魔術流派，就不該期待他們做到團隊合作。但兩人的動作展現出默契合作，像從出生起一直共度的雙胞胎。

兩人同時停止行動。

不只兩人，襲擊者們也回過頭。與面對費拉特等人時截然不同的恐懼刻劃在他們臉上。

「……這令人不快的情況是怎麼回事？」

是位褐色肌膚的青年。

亞托拉姆‧葛列斯塔彎起嘴角。

4

——老師、我跟萊涅絲一起靠在附近的大樹旁。

我們在躲雨。

由於魔術師管理的土地大多靈脈(Ley Line)豐潤又避開都市區，周邊大多都有鬱鬱蒼蒼的茂密森林。這些樹木或許也得到靈脈的恩惠，明明樹齡看來很高，卻仍長著茂盛的青翠綠葉。

我們不知道眺望了這片景象多久。

雷鳴連停息的跡象沒有。

烏雲籠罩整片伊澤盧瑪的土地，宛如在追逐逃走的夕陽。據神話所述，被毒蠍殺死的俄里翁化為星座後依然四處逃竄，遠離天蠍座，這幕景象讓我想起那段軼事。

我忽然詢問眼神嚴厲地注視著雨的老師。

「……不必管費拉特他們嗎？」

「……嗯，反正那兩個傢伙大概會擅自加入戰鬥。如果對上尋常的魔術師，他們不會馬上落居下風。雖然是問題兒童，但他們確實有實力。」

老師看起來心情糟糕透頂，隨著雪茄煙霧吐出這番話。

他說到問題兒童時加重力道，是在吐露真心話吧。大致上從其他學科與教室的角度來看，艾梅洛教室的成員全是超乎常軌與特立獨行的人物，不過他們在這群人裡也很傑出。魔術實力不用多說，更重要的是存在方式不一樣。他們如此適應魔術，卻與普通魔術師有段差距的特質，在鐘塔的學生中也格外顯眼。

他們說不定與明明不像魔術師，卻比任何人都更符合魔術師特色的老師相似。

「不過，對手中也有不尋常的魔術師。」

「……不尋常？」

老師那種說法，讓我感到背脊猛然一顫。即使覺得很沒出息，但也難以壓抑。

「亞托拉姆．葛列斯塔——是我叫史賓調查過的對象。唉，就算遇到很嚴重的狀況，他們應該至少跑得掉……」

他告訴我那個名字。

「……葛列斯塔。」

我沒什麼聽說過。

當然，鐘塔裡都是我不認識的人，但這名字令人感受到某種不同土地的氣味。乾燥的黃沙、灼燙皮膚的炎熱空氣、像新月般彎曲的厚實大刀——如這類的事物。

之後，老師亦表示肯定般續道：

「那是繼承古老中東血統的家族。由於最近幾個世代才加入鐘塔，使用的魔術又一半踏入咒術領域，他們受到的待遇比實力來得低，不過相當棘手。畢竟據說他們靠那種特異的魔術征服鄰近組織，甚至掌握了石油開採權，表面社會的權利在鐘塔也稱得上數一數二……這個家族在某個咒體的拍賣會上，與伊澤盧瑪競標到最後。」

「喔喔，就是伊澤盧瑪買下那個咒體的拍賣會？」

「…………唔！」

萊涅絲插嘴，讓我回想起一名男子。

——「其實，我想弄到一樣咒物。」

米克．葛拉吉利耶。

以胡鬧的自我介紹，自稱其實是間諜的男子。對了，從今天早晨後就不曾見到他。在葛列斯塔襲擊之際，他採取了什麼行動？如果那番告白屬實，他搞不好是葛列斯塔的——

「…………」

我吞了一口口水。

而萊涅絲開口：

「那麼，是那些葛列斯塔的人殺了黃金公主嗎？」

「這個嘛……」

老師沒有說清楚。

他嘴饞地摸摸嘴唇，瞇起眼睛整理訊息。

「雖然有可能是因為看中的咒體被搶走，藉此洩憤或恐嚇……但那樣的話，一般不是會用綁架之類的手段嗎？更何況，有必要犯下凶殺案之後再次襲擊嗎？」

萊涅絲發表推論。

「比方說，如果是暗中潛入尋找咒體時被黃金公主發現，失手殺死她呢？」

可是老師搖了搖頭。

「殺死黃金公主以後，還細心地把屍體放回黃金公主的房間？就算用了某些魔術避免鮮血溢出，那魔術鎖呢？」

「唔……呃，嗯嗯～」

萊涅絲轉轉食指攪動空氣，陷入沉默。

很可惜的是，我跟不上他們雙方的思維。明明連眼前的人心情都不清楚，我不可能推理只見過兩三次的魔術師們引起的凶殺案。

結果，我只是交疊起十指旁觀兩人交談。

「咿嘻嘻嘻嘻嘻嘻！怎麼啦怎麼啦？妳也說幾句如何！難得的推理大會，展示一下一個兩個三個或十個隨口說說的推理也好啊！助手（華生）不管做出多少錯誤的推理都不丟臉喔！」

右手附近傳來亞德的笑聲。

「……因為……我很笨……」

「我認為那也只是懈怠罷了！如果說著辦不到辦不到我什麼也辦不到就能了事，人生還真輕鬆啊！」

「…………」

我無法反駁他辛辣的台詞。

因為我也有同感。坦白說，思考很費力。我覺得如果能閉上眼睛，堵住耳朵一直活下去，那會有多輕鬆啊。我連自殺的勇氣都沒有——不，光是想到做出那種事後，自己也將成為那個的一分子，我現在也害怕得牙齒打顫。若能坦率地沉眠在大地下是很好，可是要是沒死透，變成在地上徘徊的那個……

我是無藥可救的膽小鬼，懶惰鬼，卑鄙小人。

就算告訴我應該改變，我也踏不出第一步。即使離開那個故鄉，我終究什麼都沒有改變。

為什麼？

……好痛苦。

我好想吐，就快雙腿發軟，攤倒下去。

這個案件沉甸甸地壓在我的心上。其中包含某種遠比剝離城阿德拉時更令我百感交集的事物，卻只有我的眼睛看不見。

「──可是，依照那個假說，這次會無法說明女僕的屍體是怎麼回事。」

「唔。不過，那用凶手有兩人的論點來……」

我被胸口的痛楚所困，老師和萊涅絲的對話都變得遙遠。

一定是因為那個近在身旁。

對我而言重要得無法錯過，又接近到會忽視的事。

就像不停飄落的雨中摻雜了透明的針。被扎中會痛，光是想想就很可怕，然而即使凝神細望也找不出來。直到針刺在身上，沾滿鮮血才會首度浮現。

說不定直到渾身插滿無數根針死去之後，才會發覺那是針。

雨停後，會有人看著我插滿針的屍體，疑惑地想「這個人為什麼不跑」嗎？

「嗯唔，可是按照兄長你的說法，黃金公主也是被創造出來的……」

「不，黃金公主確實是由人工創造出來的美，但達到那種程度，自然與否已經無關了。人造物的概念本來就違反自然。無論是經由流水還是人手打磨，石頭就是石頭。這代表……」

（……啊，對了。）

從意識之外偶然傳來的話語，讓我忽然想到。

是黃金公主與白銀公主。

因為，她們的存在方式與我太相似了。老師提過的化妝魔術與其歷史，也是刺在我身上的透明的針。

我悄悄觸碰兜帽底下。

這就是透明的針。無論經過多久，都不會從心臟溶解消失的冰。玻璃做的針不會溶解是理所當然，只是至今都沒發覺的我太笨。無論到哪裡，唯獨我的愚昧總是刺痛心房。刺進心臟，噴出鮮血。

（——明明去死就好了。）

只要想像中的鮮血堵塞咽喉就行了。

只要抓撓頸部，讓這張臉腫起發紫，比任何人更淒慘難看地倒伏在地就行了。那一定是最適合我的死相。我希望至少殘渣訊息別化為幽靈那樣的醜態，但沒有更多期望——

「——格蕾。」

此時，我終於發現有人呼喚我的名字。

「……啊，老師。」

「怎麼了？妳從剛剛開始臉色就很糟糕。」

老師俯視著我，一如往常地皺起眉頭。我和老師認識的時日已久，足以看出那乍看之下會誤解成不悅的神情確實是在關心我。

「那個，我……」

我遲疑幾秒。

我吞吞吐吐，但還記得方才思考的事情。

因此，作為比語言更確切的手段，我微微露出兜帽底下。

老師瞪大雙眼。

「格蕾！我說過要妳別露出臉——」

「……不。」

受到正如從前我請求過的斥責，我同時搖搖頭。

雖然露出的部分很少，雖然揭開兜帽的手指彷彿燒傷般發燙，但我的舌頭終於能動彈了。

「我覺得……這次的事情說不定……和臉有關。」

「和案件有關？不過——」

老師瞥了身旁一眼。

大概是顧慮萊涅絲在場吧。這也並非什麼能到處向別人宣揚的內容。也許是察覺那一點，她也歪歪頭開口：

「呼嗯，如果我在場不方便談，那我離開一會兒吧。」

「……沒關係。我認為萊涅絲小姐一定也需要知情。」

我看向老師。

他依然面帶困惑，但看來無意反對。

我輕輕觸碰自己露出的臉頰。

「這張臉其實不是我本來的臉。」

「什麼——？」

萊涅絲扭曲了臉龐。

對了，我想起她也曾好幾次指出我戴兜帽的事。

——「脫掉兜帽明明更可愛。」

我記得她調侃我的同時這麼說過。

如果她很中意這張臉，那非常遺憾。雖然真的非常非常遺憾，但我終究與任何人的期待都不相稱。到頭來，我沒辦法符合任何人的期待。

「……妳知道亞德吧。」

「喂，妳這傢伙！別突然把我拿出來！我沒做好心理準備啊！」

被我解除固定裝置(Hook)，從右手取出的亞德忙碌地動著浮雕的眼睛和嘴巴。他的表情遠比我還豐富。仔細想想，我在故鄉能安心注視的他人表情，只有電視中的人物和這個匣子而已。

「這個匣子（亞德）裡，藏著某樣寶物。」

我沒有連寶物的真名——閃耀於終焉之槍（Rhongomyniad）都說出口。

從前亞瑟王揮舞過的祕寶，在鐘塔也具有特別的意義。所以老師從一開始就嚴令我，除了持槍的時候以外都要隱藏那個名字。

即使我沒說，萊涅絲也真摯地傾聽著。

她也不問寶物是什麼等讓我難以啟齒的問題。總之，這代表她是出色的魔術師吧。她很習慣在許可的範圍內，詢問允許打聽的事的做法，此刻的我對此很是感激。

我點點頭後繼續往下說：

「我的家系……是有能力使用匣內之物的人創造的。」

沒錯，共通點在於這裡。

因為從一開始就決定好是為了什麼目的誕生。如同為了變美而生的黃金公主與白銀公主，我變成這個模樣是早就決定好了。而且，比任何人都更成功。

「我們家族模仿當年活用匣中之物的真正持有者……長久以來創造過許多人……」

舉例來說，就像試圖創造究極之美的魔術師家族一樣。

我的家族相信，只要創造出和昔日的持有者一模一樣的——不只長相，如果連四肢與肌肉結構，甚至是內臟與血管都徹底模仿原版的人，就能使用匣內祕藏的寶具。當然，據說那位英雄擁有許多現代失傳的神祕基因，不可能完全模仿。但我的祖先相信，即使只徹底模仿英雄屬於人的部分，應該也能發現某些光明。

他們持續忍受長達數百年，說不定超越千年的失敗，究竟是怎樣的瘋狂？在如詛咒般絕對遵守此一信條的盡頭，歷代的當家們看見了什麼？

「這個嘗試在十年前真正成功了。」

十年前。

理由不得而知。

至少在出生時，我應該只是資質不錯，一如往常的失敗作。雖然有體質對亡靈太過敏感的缺陷——家族相關人士幾乎都歡喜地視為祝福——至少我是我自己這個理所當然的事實無庸置疑。我絲毫沒想過有懷疑的必要。

可是，十年前。

兒時的我的臉，從那一天起大幅改變。

雖然確實保有從前的風貌，雖然相似，但我的臉一點一點地變成不屬於我的他人臉孔。不只是臉孔，我明確地聽見肉體本身逐漸改變的聲音。我聽見與成長痛截然不同的痛楚讓骨肉嘎吱作響，漸漸重組為不同的樣子。

因為悶痛而難受得打滾，躺在床上抱著枕頭的夜晚不知道到底持續了多久。

家人們將我緩緩改變的臉孔視為無比崇高之物，環繞在我身邊歡喜落淚，而我不知道該擺出什麼表情才好是什麼時候的事了？

「……我也是從那時候開始，變得能與亞德交談。」

據說是合適度的問題。

好像是我與昔日祕寶主人的合適度提升到超過規定值，更加明確地喚起了亞德作為封印禮裝半沉睡的虛擬人格。總之，這個匣子確實成為我寥寥可數的交談對象。

「……原來如此。」

萊涅絲微微點頭。

到此處為止是老師知道的事情，也可以說是前提。我跟老師在故鄉初入相遇時說過的話、提過的請求。

——「請一直……討厭我的臉。」

如今想想，我提出了多麼殘酷的請求啊。

我無法喜歡，所以請你也要討厭——不可能有這麼好的事。覺得他與我的家人不同，第一次遇到害怕這張臉的人所以很高興什麼的，這種藉口根本沒道理行得通。

即使如此，話才說到一半。

我按捺住想尋死的自我厭惡，說出關鍵重點。

「……黃金公主的房間裡，沒有鏡子吧。」

和萊涅絲一起調查時，對於那裡缺少在女性房間裡當然該有的家具這一點，我怎麼樣也找不到答案。當時我沒說什麼，因為沒有鏡子這件事在我眼中太過理所當然。

「……那個……如果那個人的臉孔是人工創造的產物……我在想……會不會是那麼回事。」

我感到臉頰猛然發燙。

我的發言說不定大錯特錯，也不可能稱為推理，真的只是偶然想到的話語。基本上，沒有鏡子又怎麼樣？連我自己也無法相信這種事能替解決案件帶來助力。

可是，老師和萊涅絲都沒發笑。

因此我戴回兜帽，竭力地開口：

「我……很害怕……」

我的聲音止不住地顫抖。

拉回兜帽的指尖這次冷得像冰塊一樣。

「……我害怕……鏡中的臉龐……害怕自己逐漸改變……」

為什麼呢？

在他們面前，我忍不住坦率至極地告白。如此輕易地脫口說出在故鄉無論如何都說不出口的話。雖然帶著從喉頭吐出尖銳石塊般的痛楚，但這點痛楚與在那裡體驗過的恐懼相比，根本不算什麼。

「我並非……厭惡這張臉。」

我誠實地說。

這張臉孔確實也殘留著我昔日的風貌。或許我具備資質，也考慮到祖先們的努力，長相本來就與英雄相似。實際上，從那之後經過十年的現在，我無法判斷哪些部分是自己的臉孔，哪些部分是肖似於英雄的臉孔。

就算沒有任何事，我的長相或許也會變得跟那位英雄一模一樣。

或者，我的長相會在成長後變得截然不同。

「可是，我現在依然……害怕照鏡子……感覺就像應該在很久以前死去的……英雄的亡靈……侵占了我的身體一樣……」

「……嗯，我明白。別說了。」

隨著話聲響起，柔軟的指尖觸碰我的臉頰。

我因此發覺自己在哭。老師一臉為難地取出手帕，擦拭食指指尖上的淚水。

然後他無所事事地拿起雪茄。

「改變……嗎？那也許確實很可怕。」

雪茄煙霧覆蓋上含淚的視野，害我看不清老師的臉龐。

雨滴落在地面。

萊涅絲保持沉默。

亞德也難得地沒有說話。我明明吐露了至今除了故鄉的人以外只和老師說過的祕密，他也不取笑我。這算是他的體貼吧。儘管難為情，他無疑是我為數不多的朋友之一。

一聲異響響起。

倚著大樹的老師拿雪茄的手打在樹皮上，瞪大雙眼。

「怎麼可能……」

「什麼啊，兄長？」

萊涅絲歪歪頭，對突然瞪大雙眼的老師問。

「……真的嗎？真的那麼簡單就可以了嗎？」

他將雪茄叼回嘴上，不斷呢喃。

他好像完全沒聽見義妹的聲音。與剛才的我顛倒過來，這次換老師專心埋頭思考。

「……那樣的話，計算相符。畢竟因為是行星，只用一百二十度（Trine）就行了。另一個……不，那個也早已找出答案。因為她們是互補性的美，若要帶來最大限度的效果……這樣啊，問題不在於是佩羅或巴西耳，而是更簡單又表面的……」

老師只宛如夢囈般反覆說話。

他極為煩惱地皺起眉頭。我不討厭這個人的這種表情。我並非像萊涅絲一樣，會對他人的苦惱與不幸感到愉悅，但不知為何，會覺得老師忽然展現的側臉很惹人憐愛。

在他的腦海中究竟正展開怎樣的光景？

我突然覺得想看看。

想共享這個人看見的風景。

儘管我那麼不聰明，卻想得到若能窺見老師的風景將是多大的救贖。儘管煩惱應該不會消失、缺陷不會受到修正，但依然像仰望夜空星辰般懷抱憧憬。

也許就像老師憧憬天才一樣。

「是反過來……！」

不久後，老師低語。

「不是把太陽比擬成其他東西，是比擬成太陽。太陽的象徵以這種規模齊聚之下，那麼做的難度會降低很多。不，可是這若是正確答案……」

老師再度咬緊牙關，發出呻吟。

那是與他至今專注時的呢喃種類不同的聲音。

「喂，兄長，你要自以為明白是無妨，不過多顧慮周遭一點吧。到底是太陽的什麼怎樣反過來？」

忍不下去的萊涅絲以有些嚴厲的口吻問道。

然而老師仰望烏雲，一隻手摀住臉龐。

「……這樣的話，最糟的可能性豈非可能成真？」

他喃喃自語。

「為什麼我沒有早點發現……！我是哪門子的小丑啊？或許再過一會兒就有辦法解決了。」

我彷彿甚至聽見他咬牙切齒的聲響。

老師直接回過頭，直盯著我而非萊涅絲。

「格蕾。」

「是、是。」

聽到呼喚，我用僵硬的聲音回答並點點頭。我以為自己的想法露餡了，心臟無意義地狂跳起來。至於臉頰泛紅這一點，有兜帽遮著應該沒有被發現。

可是老師完全不考慮這些事，向我開口：

「我有一件事要拜託妳。」

5

——時間稍微回溯。

在費拉特與拜隆卿會合前一刻，某位女魔術師在月之塔微微頷首。

「——原來如此，要這樣行動嗎？」

蒼崎橙子靜靜地呢喃。

擺在她跟前桌上的紅茶淡淡地散發出熱氣。

此處是伊澤盧瑪分配給她的研究用房間。越過四方形的窗戶，看得見彷彿隨時會包覆黃昏天空的烏雲。雖然這種情況在天氣多變的湖區不是沒發生過，還是與平常的變化相距甚遠。

「…………」

她的眼睛從與窗戶不同的地點與角度俯瞰外界。

是使魔。根據魔術門派而定，也稱作魔寵或壺靈，在東方有時稱為式神。橙子使用的當然是人偶，這是她聽說第四次聖杯戰爭中有魔術師以鐵絲製作使魔後，起了興致，運用發條、齒輪與線嘗試製成的作品。

不過，雖然一時興起試著動手，她也重新認識到自己不適合製作只用最低限度所需的物品製造的使魔。對於容易熱衷於一樣事物的橙子來說，無法加上多餘功能的單一功能使魔製作起來「缺乏樂趣」。

拍打的翅膀是黃銅線，鑲嵌的眼珠是紅寶石(Ruby)。

那隻使魔在離這座塔有段距離的另一座塔附近飛翔。

「好了，雖然有些麻煩，但受人之託嘛。」

橙子輕聲嘆息後起身。

她的目光落在腳邊。

在房間一角，放著以她的物品來說有些笨重過大的——奇妙包包。

✦第二章✦

1

邁歐和伊斯洛在月之塔內閉門不出。

他們照拜隆卿的交代不參加戰鬥，躲進共用的臨時工房避難。與位於塔內最高層的伊澤盧瑪家原本的工房相反，這間臨時工房建造於地下。安排這個地點不僅是出於魔術上的顧慮，避免雙方魔力與來自大源(Mana)的供應混雜，也有將雙方關係做出嚴格上下區分的含義。

當然，如同鐘塔也是如此，位於地下的工房有便於汲取魔力的優點，不過伊澤盧瑪構築的術式從星辰運行吸收魔力的性質更強。

「…………」

兩人坐在不遠處的椅子上。

石牆環繞的工房裡，除了哲學家之卵和蒸餾器等基本的魔術用品外，還擺放著藥船和研磨缽等藥師用具、紡錘與手工織布機等古典的工匠用具。

當然，這些物品是為藥師(邁歐)和織工(伊斯洛)準備的。也可以說是一路以來，表明願意協助完成黃金公主、白銀公主的魔術師們的歷史……昨夜展現最佳的成果，如今只剩下一半至高之美的歷史。

「……你打算……怎麼做？」

伊斯洛．賽布奈突然開口。

那一頭編織得複雜精細的髮辮搖曳著。

對他而言，人類與社會並非能引起他多大興趣的對象。其實，他對於伴隨劇痛而習得的魔術也沒有什麼感慨。

他只想看美的事物。這多半是他們家族共通的特質。他的血親之所以協助伊澤盧瑪長達數個世代，這大概也是主要原因。對伊斯洛個人而言，這麼做僅僅是因為只有她們匹配自己製作的服裝。

不，伊斯洛也切身感受到，自己身為織工的能力受到她們的美影響，有顯著的進步。這不單純是指作為時裝設計師的能力。被培養為魔術師的他所製作的服裝，兼具某種作為魔術禮裝的機能。

為了黃金公主、白銀公主準備的魔術禮裝。

那不是一般所認為的──只用來彰顯魔力，引發超自然現象的道具。而是為了純粹地進一步引出她們的美，體現如萊涅絲碰巧提及過的精髓。

──「觀看美的事物，就會變美。」

如同花費好幾代逐步進行黃金公主、白銀公主在魔術上、肉體上的改造，賽布奈家的織工技術也得以進步。伊斯洛．賽布奈存在於那些人的盡頭。

相對的——

「我、我……」

身為藥師的邁歐抱著有些不同的感慨。

邁歐以不健康的臉色捏捏嘴唇。他因為口吃，說話不流暢，為了將心中想法化為言語，喉嚨著急地顫抖。

「我是、蒂雅、不對、黃金公主的……」

「…………」

伊斯洛忽然瞇起眼睛。

青年垂落蒙上憂鬱陰影的眼眸，用沙啞的嗓音說：

「……以前蒂雅德拉和……你……常常一起玩耍……」

邁歐的臉色黯淡下來。

正如他所說。從她還只是黃金公主的年幼候補時開始，從艾絲特拉還只是白銀公主的年幼候補時開始，邁歐在各方面就是她們的玩伴。一方面是因為有交流的魔術師子弟不多，不過實務上有更重要的原因，是他需要從童年徹底了解她們的體質。藥師必須遠比患者本人更深入了解其身體。邁歐的家系——克萊涅爾斯透過與伊澤盧瑪長期交流，掌握了從這個時期起讓藥師與患者互相接觸的重要性。

對邁歐來說，她們自出生以前起就是自己應該奉獻技術的對象。

「為、為什麼、事到如今、才提起那種事。」

「……卡莉娜她們也……經常一起玩……」

「因為卡莉娜她們、知道、幾種遊戲。」

邁歐喃喃地說。

本是凱爾特人的卡莉娜姊妹記得好幾種鄉土獨特的遊戲。加上蒂雅德拉和艾絲特拉，邁歐也經常陪她們一起玩那些遊戲。

「蒂雅德拉、喜歡踢石子。她踢得比……比我遠好幾倍。」

「……是啊……」

依然坐在椅子上的伊斯洛同意道。

「我也……不討厭那個遊戲……」

「唔？」

這句意外的告白，讓邁歐回過頭。

「你很少……參、參加吧。」

「……姑且不論艾絲特拉和雷吉娜……我想和蒂雅德拉玩的話……你會瞪我吧……」

「嗚咕！」

邁歐語塞。

過去的往事不可能騙過老朋友。哪怕是魔術師，童年時的好惡也跟一般人沒有差異。無論小小的愛慕或小小的嫉妒，他們都會完完整整地記住，完完整整地成長。即使加上了魔術師這個指向也一樣。

「我、我……」

邁歐說到此處中斷。明明懷抱的感情隨時都會滿溢而出，卻怎麼樣也無法從喉頭說出來，他從很久以前就是這樣。

「我並不……討厭、你。」

「嗯……」

氣色不健康的伊斯洛點點頭。

他彷彿在品味這段時間般，停頓一下後再度開口：

「邁歐……你認為……現在來襲的魔術師……是殺害黃金公主的凶手嗎……？」

「我不知道。」

邁歐無力地搖搖頭。老實說，他什麼也不想思考，想就此蜷縮在石地板上昏睡過去。

若能保持沉睡不醒，該有多麼幸福。依魔術師而異，據說有人會以自我催眠解體清掃（Field Stripping）心靈，將壓力連同識閾一併清除，但邁歐期望的是更徹底的自我破壞。最好把所有人格粉碎成沒有意義的碎片，再也無法重新構築——不，如果自己從一開始沒有出生就好了。那麼一來，就無須目睹曾深深愛慕的青梅竹馬死去。

不知道經過多久。

門打開了。

從門外現身的是他們很熟悉——不過，彷彿每一瞬間都在變美的天上化身與她的女僕。

「艾……艾絲特拉、雷吉娜。」

邁歐呼喚她們的名字。

他們應該從小就很親近的白銀公主，有張他們很陌生的臉孔。不，將她調整成那樣的人也是邁歐和伊斯洛。就像已故的黃金公主，那是為了美奉獻一切的結果。

「太好了，你們兩個都在這裡。」

連她的聲音都比任何樂器更加動聽地在兩人耳中響起。

她的面容還殘留著童年的風貌，在這種情況下是否該稱為殘酷？太過與世隔絕的美會從本人身上奪走除此以外的意義。像黃金公主一樣，比起艾絲特拉·巴爾耶雷塔·伊澤盧瑪這個名字，如今白銀公主此一稱呼更適合她。

「艾絲特拉，有什麼事？」

邁歐固執地用名字呼喚她。

「公主她……」

女僕雷吉娜說到一半，白銀公主制止了她。

之後，她親自重新開口：

「能請你們出力相助嗎？」

「…………！」

邁歐和伊斯洛面面相覷。

她續道：

「我認為巴爾耶雷塔閣下才是殺害姊姊的凶手。」

「————唔！」

「…………」

邁歐像快窒息似的哽住，伊斯洛則只沉默不語。

不久後，藥師代替依然保持沉默的織工發問。

「為……什麼？」

「伊澤盧瑪本是巴爾耶雷塔的分家。分家過於成功，未必對本家有利。」

功高震主——這是在世上任何地方都很常見的情況。實際上，若黃金公主成功逃亡，拜隆卿必定會垮台，但將被追究管理分家責任的人正是巴爾耶雷塔閣下。

白銀公主說，所以那名老婦人是真凶。

這說法合乎邏輯。憑藉她統治巴爾耶雷塔的祕術，切割關在自己房間裡的黃金公主應該易如反掌，或許也會做出殺死發現某些線索的卡莉娜，栽贓給自律型魔術禮裝——托利姆瑪鎢的事情。

……於是。

邁歐僵住一陣子後抬起頭。

「妳打算……怎麼做？」

他抱著某種決心問道。

2

被積雨雲追逐的夕陽終於漸漸沉沒。

受到滴落的雨滴影響，原本就很昏暗的森林內部逐漸轉變為不靠魔術師的眼睛，就無法看透的真正黑暗，褐色肌膚的青年在那片黑暗中緩緩地環顧戰況。

他淋著雨，極為傻眼地發出嘆息。

「這時候早該攻入雙貌塔了……看樣子發生了出乎意料的狀況。」

「……非常抱歉。」

戴兜帽的襲擊者們向青年下跪。

他沒有接受賠罪，緩緩地走上前。

「亞托拉姆．葛列斯塔。」

他開口。

如同不得不這麼做就是屈辱一般，他極為陰鬱地皺起形狀漂亮的眉毛。因為按照青年的計畫，他報上姓名的地點必須是伊澤盧瑪大本營——雙貌塔的其中一處。

「這是我的名字——拜隆卿，你的年輕手下相當有趣，雖然缺點是品性有些不足。」

「這兩位……好像是客人的弟子。」

也許是還沒完全接受突然出現的援軍，拜隆卿神情有些困惑地搖搖頭。

「居然是這樣！哎呀，真叫人羨慕。因為聲望極盛，連不認識的人都前來相助，歐洲名聞遐邇的行家老手果然不一樣。在我的故鄉，即使是親人之間，上演以血洗血的鬥爭都是理所當然。」

亞托拉姆發出嘆息。

他故意流露出悲傷的表情，像這樣提議。

「那麼你意下如何？我想我的部下也先徵詢過，你是否能將那個咒體轉讓給我？」

「……即使你這麼說，我也不明白是什麼意思。」

拜隆卿也不可能答應。

如果願意轉讓，他一開始就沒必要迎擊。只要留在月之塔或陽之塔內，表明投降之意即可。兩人之間瞬間充滿緊張的氣氛，青年立刻主動轉換成另一個形式。

他踏在森林潮濕的土地上，展開雙臂。

「那就是戰爭了。」

他裝模作樣地宣布。

「戰爭(War)、戰爭、戰爭……啊，聽起來真野蠻，聞名於世的伊澤盧瑪竟然做出這種選擇，多麼可悲啊。」

他萬分遺憾地搖搖頭。

不過，唯獨他嘴角浮現的卑鄙笑容無從隱藏。那個笑容明確地表明，不管嘴巴上怎麼說，總之他把那野蠻的互相殘殺當成一種娛樂嗜好。

凡是魔術師，幾乎都對賭上性命鬥爭有所覺悟。因為他們明白，儘管魔術的力量不會直接返還在戰鬥上，正是受到鬥爭心與本能驅策，挑戰各自生命的界限這件事促進了魔術的發展。

不過，喜愛鬥爭本身的魔術師同時意外地為數不多。那終究是種手段，他們也明白，沒必要讓祖先傳承至今的祕術與魔術刻印白白地暴露於危險中。

亞托拉姆．葛列斯塔不屬於以上兩者。

純粹洗鍊的處理——一面倒的勝利正是他的嗜好。

「但是，既然你希望如此那也無可奈何。我亞托拉姆．葛列斯塔雖然年輕，但受命陪拜隆卿過招吧。」

「——慢著。」

此時，話聲從不同的方向傳來。

亞托拉姆定睛瞪視。

開口的人是史賓。

「拜隆卿，我有一個請求。」

「請求？」

「如果我們擊退『這個』，你能不能歸還從我們老師……不，從萊涅絲小姐那裡扣押的月靈髓液？」

「……這……」

拜隆卿語塞。

這並非能當場答覆的要求，亞托拉姆的手趁隙一動。

「別這樣行嗎？時間本來就延誤了，我無意陪你們處理瑣事。」

他從西裝裡取出一樣小東西。

放在他掌心上的，是個狀似小壺的物體。

「原始電池……這麼說各位知道嗎？」

世界上最古老的電池，是在中東郊外——庫傑拉布（Khujut Rabu）遺蹟發現的。

學者判斷，當時的居民應該不知道電池的結構，那是經過幾個巧合開發出來的鍍金器具。不過，同樣的結構也以魔術之手連綿傳承，經由跟科學截然不同的路徑發展。

當研究原始電池的家族之一沒落之際，葛列斯塔用金錢將原始電池連同歷史一併買下。

葛列斯塔原本鑽研礦石與代價魔術，原始電池這種形式對他們而言很方便。果真，他們成功地將自己的魔力加在電力上。藉由控制自古在許多地區被尊崇為神威或神鳴的「力量」，葛列斯塔家族一直享受著繁榮。當然，影響天候的術式也應用了這種技術。

「狂暴吧（Gush Out）。」

隨著這一句話，電擊化為巨手。

撲向少年的速度正是迅捷如雷。巨手打破空氣阻力，比眨眼還快地朝少年全身揮落。

幻狼的咆哮回應攻勢。

兩者都是蘊含魔力的術式。閃電及音波——縱然形式不同，只要作為神祕發出就無法違抗大原則——亦即更強的神祕會壓倒對手。相撞的閃電及咆哮之間迸發肉眼看不見的火花，化為彈飛雨滴的漩渦混合在一起，最終破裂。

這次交鋒的結果是不相上下嗎？

單論威力是亞托拉姆的雷電勝利，可是當風雨洗刷粉塵之後，化為幻狼的史賓無畏地發出低吼。

「真了不起。」

聲音從他的利牙間傳來。

「作為魔術算是二流。不過，在魔術師的戰鬥上確實是一流招式。」

「哦？說我是二流，小鬼真敢大放厥詞。」

亞托拉姆殘酷地扭曲嘴角。

面對摻雜殺意的聲音，幻狼少年寸步不讓地續道：

「你自己不也很清楚嗎？若是老師，一眼就識破了。你的魔術確實飽經鍛鍊，作為用來傷人、與他人交戰的魔術可說是完成度很高的作品——不過，那應該不是作為魔術師的本質。」

史賓輕哼了一聲。

「因為那樣……不是魔術師，而是魔術使。」

「…………唔！」

這句話不知道化為何等辛辣的辱罵，傷害亞托拉姆的尊嚴。

亞托拉姆瞪大雙眼，怒火中燒。他精製出比剛才多好幾倍的魔力，並驅動魔術刻印，同時灌注在原始電池的術式上。葛列斯塔家族買下的術式，將那股魔力最有效率地轉換成雷電。

宛如一頭龍。

在場所有人都產生幻覺，看見那張開血盆大口的魔物。

當雷幻化成的龍這次不留退路，正要吞下史賓時——

史賓的身體消失了。

有誰知道他是以大幅超越人類動態視力的速度，朝背後跳躍？周遭的魔術師們大聲呻吟。史賓像彈珠在森林樹幹之間跳來跳去，利爪宛若流星從亞托拉姆的頭頂揮落。

*

在與襲擊者們正好相反的方向。

風雨讓起伏的草原看來像一片海洋。狹窄的道路曝露在波濤中，彷彿隨時都會消失。這條除了魔術師之外無人進入的道路，或許正像魔術一般，不斷反覆消失又出現。

此刻，這條幾乎消失的道路上浮現龐大的影子。

一輛馬車在這裡等著。

敞開的車門前，一名看來像隨從的壯碩男子替老婦人撐著傘。

在老婦人即將上馬車之前——

「——站住。」

如銀鈴般悅耳的聲音叫住她。

那名女子超然得連美這個詞都喪失意義。風吹雨打的草原明明怎麼想都不是賞心悅目的景象，但光是這名女子佇立在草原上，就化成一幅畫，永遠烙印在腦海中。一生的至高之美遭到定義，對觀測者而言是否是幸福？

最後，正要上馬車的老婦人也回過頭。

她是巴爾耶雷塔閣下。

本名為依諾萊・巴爾耶雷塔・亞特洛霍爾姆。

「哦，白銀公主？」

老婦人露出滿臉笑容。

因為白銀公主與她的女僕雷吉娜從道路後方出現。

「有什麼事嗎？還有，妳好像對我用了奇特的措辭，是我年紀大，聽力退化了嗎？」

「我說了，站住。」

白銀公主只平靜地複述。

咻～依諾萊吹了聲口哨。

「對我用命令口氣，真叫人吃驚。儘管我認為形式上的禮儀無關緊要，但可不記得自己喜歡無謂地在社會上引發摩擦喔。」

「是您……殺了黃金公主吧？」

白銀公主立刻直指話題核心。

表示沒必要拐彎抹角，她直率地以最短距離發問。女僕雷吉娜盯著如此發言的主人，就像在說默默注視是她唯一能給予主人的支持。

「哦？」

依諾萊瞪大雙眼。

「原來如此，來這一招嗎？有意思。我的確也是嫌犯之一……唉～這樣嗎？這麼推論的話，我在黃金公主驗屍時在場見證也會變得很可疑。那算是我的好意，但妳認為我是想湮滅證據啊。」

「——米克（你）也從一開始就在協助她吧。」

「不不。」

男子搔搔頭。

在萊涅絲面前自稱間諜的男子——米克．葛拉吉利耶在依諾萊身旁厚臉皮地擺出隨從的態度。記得他應該屬於詛咒科（吉格瑪利耶）才對。

「雖然我和外界有聯繫，但將我當成凶手或共犯看待，我會很為難。我可沒做過那種誇張的事。」

「這不是在裝傻嗎？這些襲擊者應該也是你們找來的吧？」

「這麼說並不正確。」

依諾萊揚起嘴角補充。

老婦人的笑容一如往常，卻因此流露出難以形容的陰暗。

「關於葛列斯塔家族，他們只是眼尖地發現我參加了初次露面聚會待在此地，過來問候罷了——雖然他們希望巴爾耶雷塔別介入這件事，我也受到殷勤款待，不過我沒有主動推動過任何事。站在那邊的米克，也只是為我和葛列斯塔牽線而已。」

您不是從一開始就看透如果自己出席社交聚會，葛列斯塔就會這麼行動嗎？」

「喂喂。我到底有多神通廣大，暗中操縱所有惡行？那種猜測還是只保留在陰謀論的世界吧。啊，魔術師的祕密結社原本就是陰謀論的住處吧？是我失禮了。」

依諾萊抖動肩膀低聲發笑。

披肩在雨傘沒完全遮擋住的雨中搖曳，老婦人的鎖骨也隱約可見。

「……說到底，假設我是凶手，妳打算怎麼做？」

她續道：

「去鐘塔申請審判嗎？我實在不認為這樣管用喔。雖然不覺得一般世界的司法機制有用，但魔術師的世界更糟。再說，假設那位艾梅洛閣下II世所言屬實，黃金公主甚至謀劃過逃亡。這種行動足以讓我以創造科首領的身分處置她。不管妳再怎麼努力，頂多只是變動一些派閥鬥爭的材料罷了。」

「那麼，請您也在這裡殺了我。」

白銀公主靜靜地告訴她。

在一旁聽著的米克瞪大雙眼，女僕雷吉娜只沉默不語。

「…………」

依諾萊摸著太陽穴一會兒後開口：

「……原來如此。那就是妳的殺手鐧？」

「沒錯。要殺我對您而言想必易如反掌。只是，這個結果將讓您無法開脫。若招來葛列斯塔的襲擊，殺害一手栽培的伊澤盧瑪家的黃金公主、白銀公主兩人，巴爾耶雷塔閣下的名聲會掃地吧。」

白銀公主說完後，轉身回望一段距離外的山丘。

魔術師們經過「強化」的感覺，捕捉到那邊佇立著兩個人影。

「我想您也知道，邁歐和伊斯洛都在看。他們與伊澤盧瑪關係匪淺，但屬於梅爾阿斯提亞管理的中立主義派。恕我冒昧，巴爾耶雷塔閣下應該也無法暗中了結此事。」

巴爾耶雷塔屬於民主主義派。

亦即認為應該積極地錄用新世代，逐步改革鐘塔的一派。不管是什麼樣的大人物，要跨越派閥造成影響都不容易……當然，只要發揮三大貴族的權勢並非不可能實現，卻也得負擔相應的風險。

「賭命相搏啊，最近的公主真難纏。若不是這種情況，可以說很符合我的喜好。」

依諾萊傻眼地閉起一隻眼睛。

「若不願如此，是否能請您阻止那些襲擊者？」

「喂喂。妳沒聽到我說的話嗎？我只是收到葛列斯塔那夥人的建議，不插手而已。更何況他們本來是從偏僻地方來到鐘塔，我可不認為他們會服從君主（Lord）與三大貴族的權勢。」

她的口氣不冷酷也不淡漠，這番話純粹只是認為事情就是這樣而拋開不顧。和她享受現代科學的恩惠一樣，這名老婦人極度奉行現實主義。

白銀公主的雙肩顫抖。

在她身上，連憤怒的感情都很美。

若她就是伊澤盧瑪一直以來創造的「最美之人」的盡頭，她的感情與心性一定也被創造成會喚醒對美的感動。

「既然這樣……我……」

正當她準備說出某個決心之際——

「……等……等！」

一聲吶喊響起。

穿著黑色西裝的男子撥開雨幕，氣喘吁吁地從和白銀公主不同的方向出現。

「我、我說，可以的話，希望你們雙方都等一下。」

「在這時候累癱怎麼像話呢，兄長？」

接著，聽起來打從心底感到傻眼的聲音從旁邊傳來。

萊涅絲．艾梅洛．亞奇索特若無其事地戴好帽子。

「艾梅洛閣下II世……」

女僕雷吉娜低語。

漸漸淋成落湯雞，手撐在雙腿上大口喘氣的人，正是那位年輕君主。

3

來談談魔術師眼中的常識吧。

凡是一定水準以上的魔術師，首先會對自己身體運用「強化」，不過「強化」能明顯提升肌力與敏捷度，卻未必能提升耐力。至於原因，是一邊使用某種魔術一邊活動身體等於同時消耗精神力和體力，在耐力方面反而經常是負面作用。

當然，這也依技術與才能而定，若是有辦法哼著歌將「強化」運用自如的天才，耐力同樣有所增加的例子也很多。

總之，在這時氣喘吁吁就顯現出他不符君主資格的平庸。

「……趕……上了……！」

艾梅洛閣下II世喘著氣，抬頭仰望兩人。

然後，他對其中一方開口：

「妳打算逃跑吧……巴爾耶雷塔閣下？」

「喂喂，說得真難聽。」

老婦人回過頭，露出整齊的牙齒咧嘴一笑。

「伊澤盧瑪的確是巴爾耶雷塔的分家，卻不代表是無條件庇護的對象。來襲的葛列斯塔擺出如此大陣仗，應該有一定的正當名義。既然如此，不如等塵埃落定後再來質問會更有用。」

「沒錯，正如妳所說。妳會這樣想。」

艾梅洛II世嚴肅地點點頭。

然後，他看向伊澤盧瑪的白銀公主。

「同樣的，白銀公主試圖阻止閣下離開。因為現在讓巴爾耶雷塔閣下離去，就沒有方法可以阻止他們的暴行。」

「…………」

他對沉默的白銀公主進一步詢問：

「而且，妳指稱巴爾耶雷塔閣正是凶手，正在質問她不是嗎？」

「……你聽見了？」

「沒有。很遺憾，我跑來這裡就已耗盡全力了。」

從附近山丘上以經過「強化」的視覺發現馬車，一路跑過來是很好，但那已是青年的極限。他沒有同時「強化」聽覺，偷聽談話內容的才能，說到底從他紊亂的喘息也看得出來，他拚盡全力才剛抵達現場。

「我只是想到了這個案件的本質。」

他說。

沒錯，他真的是剛剛才察覺這幅構圖。

根據這幅構圖，與其說白銀公主認為她是凶手——不如說，巴爾耶雷塔閣下是凶手對白銀公主來說最有利。這個案件的目的絕非找出凶手，而是鐘塔派閥鬥爭的一面，只是這樣罷了。

「更何況，我應該說過這個案件交給我來處理。」

「喂喂。」

米克插嘴。

他好像毫不在意肌膚黝黑的身軀淋到雨。

「到了這個節骨眼，你還想玩偵探遊戲？怎麼說都不合理吧？」

他依舊替老婦人撐著傘，揚起粗獷的下巴。

不過——

「……你會特地重提此事，應該有某些意義吧，君主？」

依諾萊催促他繼續說。

「是的。和白銀公主一樣，妳要是溜走我會很傷腦筋。」

「即使你這麼說，就像我方才所說，我沒有理由留在此地。」

老婦人哼了一聲，白銀公主透過面紗瞪視著她。

艾梅洛閣下II世在兩人之間緊緊皺起眉頭，不久後如此提議。

「那麼，我們來做個交易吧。」

「交易？」

依諾萊覆誦一遍，而艾梅洛II世靜靜地反問：

「重要的是，巴爾耶雷塔閣下和白銀公主都認為能先阻止那些襲擊者就行了吧？」

「說得可真簡單。既然襲擊伊澤盧瑪，他們大概也抱著殊死的覺悟。我可不認為靠普通的交換條件就能阻止他們。不，在那之前，甚至難以想像他們願意談判。」

老婦人所言是理所當然。

如同亞托拉姆·葛列斯塔碰巧在遠處森林裡宣言的一樣，這已然是場戰爭。總體戰一旦開打，要讓戰爭結束比開始更困難。哪怕是魔術師，既然身為人類，當然難以違抗心理層面的力學。

「我有一個點子。」

艾梅洛閣下II世向抱著疑問的老婦人提出某個提案。

不只老婦人，連在一旁聽著的白銀公主和米克，還有女僕雷吉娜都不禁為了提案的重量沉吟。

不久後，收到提案的依諾萊微微頷首。

「原來如此……不過，那由誰來做？難道是你，艾梅洛閣下II世？」

「——由我來做。」

原本旁觀的少女插嘴。

依諾萊和白銀公主回過頭。

沒錯，現場有另一個人——艾梅洛原本的繼承人，讓區區三級講師坐上君主寶座——當時年僅七八歲的少女。

「只要妳接納兄長的提案，我會阻止那群襲擊者。雖然需要借助一些力量。」

萊涅絲・艾梅洛・亞奇索特斷言。

除了艾梅洛II世之外的所有人面面相覷時，另一個聲音響起。

「你、你們……做什麼！」

雙人組之一——邁歐結結巴巴地怒喝。

伊斯洛也謹慎地在他背後觀望。看來他們本來作為白銀公主遭到依諾萊殺害時的目擊證人在那裡等候，不過艾梅洛II世的到來讓他們察覺情況有變，連忙下了山丘。大概是想保護青梅竹馬——白銀公主與她的女僕，戰戰兢兢又站不穩腳步的邁歐懷中好像藏著某種魔術禮裝。

相對的——

「你們來得正好。」

艾梅洛II世揚起嘴角。

「我也有事想讓你們做。」

「兄長，你的笑容相當邪惡喔。」

聽到萊涅絲吐槽後，青年清清喉嚨。

「我不會說實際上是這樣，不過兄長一直以來吃了很多苦，如果放著不管，性格會越來越扭曲。」

「只有我從妳的用詞『越來越』裡感受到惡意嗎，女士？」

「呵呵呵，我本來就充滿惡意。現在才這樣諷刺我，我也不痛不癢。」

萊涅絲臉上浮現愉悅的笑意。

無視目光在雨中四處飄移的邁歐和伊斯洛，依諾萊開口：

「……對了，你的寄宿弟子呢？」

老婦人指出格蕾不在場的事。

＊

史賓的眼睛認知到，亞托拉姆只得意地彎起嘴角。

同時，他的鼻子也感覺到。

（——三角形，非常強烈的黃色。）

認知直接認明對方的魔術。

雨滴咻地一聲在半空中蒸發——一張看不見的電網在亞托拉姆的頭頂上方展開。史賓隨著一陣戰慄得知，連青年被稱作魔術使時展現的激憤，都是用來將青澀的他逼入困境的陷阱……如果論及亞托拉姆作為個體魔術師純粹的力量，他應該會回答沒什麼大不了的。原始電池有一定的威力，但不論哪一個艾梅洛教室的畢業生應該都能將術式修改得更加洗練。可是，在不光依存於魔術的戰鬥技巧上，這名男子遠勝於自己。

「——唔！」

幻體的後腿霎時伸展，勾住附近的樹枝。

史賓只憑爪子微微掠過借力，在半空中變換姿勢。他閃避電擊網捕捉到全身，將魔力投入用來撕碎亞托拉姆的一擊。他高聲咆哮，彷彿在說如果你想用單薄的電擊防禦，我就連防禦一併扯碎。

史賓使出全力揮下幻體利爪。

就在那一刻——

來自側面的強勁衝擊打中他全身。

幻體被削掉一半，史賓勉強著地，找回平衡。

那並非亞托拉姆發出的。證據是原始電池的電擊網同樣被衝擊打散，褐色肌膚的青年驚愕地回頭。

（……剛才的衝擊是？）

史賓吸吸鼻子。

被風雨沖淡的黯淡緋紅在森林中央浮現。

唯有那個人影佇立的一角，安靜得好像被裁切出來一般。

「……喂喂。」

人影開口。

「你們用太多誇張的魔術了吧？」

女子有些為難地微微笑著。

史賓察覺到，在她肩頭搖曳的髮絲色澤和他鼻子感覺到的一樣，是黯淡的緋紅。但他覺得這件事絕不能說出口。

少年不知道，現在的她摘下了眼鏡。她的神色極為爽朗，興趣十足地注視著這邊。

「……難道……」

他知道那個名字。

作為知識的一環，亞托拉姆也聽過她的存在。

不過，她的出現令兩人感到戰慄。因為他們沒想到，她會在這個時機介入。

「不好意思，艾梅洛教室。」

蒼崎橙子走過潮濕的地面，接近某個方位。

那是亞托拉姆身旁。鐘塔最高位——冠位(Grand)魔術師在那裡回過頭，緩緩地朝少年們露出微笑。

「因為接了一點委託，我決定與你們為敵。」

橙子的腳微微移動。

最先發現她的腳跟在潮濕地面上刻下某個文字的人是費拉特。

「狗狗！」

費拉特在身後轉動手臂。

那是他剛才反轉魔術師雷擊的干涉術式。

可是，這次那個術式來不及生效，費拉特的身軀已被遠遠擊飛。

「還有，那邊的金髮小子。你從剛才開始一直想找出我的破綻是做得不錯，但是太刻意嘍。」

聽到橙子的話，摔在水窪裡，渾身濺滿泥濘的費拉特茫然地抬起頭。

「……為、什麼？」

「我怎麼可能沒發現。你從方才就對葛列斯塔的人接連用過吧？也就是說，你以某種方法判讀魔術的流向。雖然從能力來說是很常見的類型，但精密度高得驚人。直接介入術式將其反轉——正常的鐘塔講師沒人會教這種做法吧。因為這麼做的下場會連對方的術式回彈效應一併接收，自取滅亡。」

橙子似乎感到相當佩服，滔滔不絕地說明。

重點好像在於正常的鐘塔講師這一部分。

「但是，我的魔術在注入魔力的階段就已經結束了。」

橙子的手指在虛空中描繪出某種圖樣。

盧恩魔術。

她方才刻在腳邊的盧恩符文為ᚠ(Fehu)，其兩側還刻著ᛉ(Algiz)。前者痛擊史賓的幻體與亞托拉姆的電擊網，後者打飛了剛才準備介入的費拉特。

這個術式的特徵是刻印盧恩符文很花費工夫，不過一但刻下後，只需要注入魔力的一道工程(Single Action)就會成立。從生成魔力到構築術式的時間延遲無限近乎於零。雖然效果也必然有所侷限，但沒有容許費拉特介入的破綻。

……不。

當然，費拉特並非第一次看見一道工程的魔術，這種魔術本身在鐘塔有許多機會見識到。至於盧恩魔術，由於蒼崎橙子本人將技術出售給鐘塔，盧恩魔術常見到連費拉特都能行使極基礎術式的地步。

問題在於這名女子編成的術式之美。

不必解析黃金公主、白銀公主，魔術師也是用美來判斷術式的完成狀況。如同像某種程式設計師以程式美不美當判斷一樣，女子和魔術基盤的連結實在太過理想。

凡是與魔術有關的人，無論是誰都心懷夢想吧。

她的魔力量絕非超越群倫，也不像鐘塔的高位魔術師一樣帶著令人生畏的禮裝。但這名女子緩緩循環的魔力像梅比烏斯之環一樣保持完成的狀態，正因為費拉特對他人的魔力很敏感，他比任何人更領悟到那種自然的恐怖。

這就是讓一種——說不定是更多種魔術重現的天才境界。

思考至此，費拉特很快地下了決定。

「嗯，我們完全不是對手！走，快逃啊，狗狗！」

「啊？開玩……」

史賓回過頭一看，瞪大了雙眼。

「快逃啊，狗狗！」

「快逃啊，狗狗！」

如此喊著的不是費拉特。

而是跟費拉特一模一樣，但表情和姿勢都明顯固定住——活像染得一片漆黑的剪貼畫人偶。

「快逃啊，狗狗！」「快逃啊，狗狗！」「快逃啊，狗狗！」

「快逃啊，狗狗！」「快逃啊，狗狗！」「快逃啊，狗狗！」

「快逃啊，狗狗！」「快逃啊，狗狗！」「快逃啊，狗狗！」

人偶一股勁地重複同一句話的模樣，如同壞掉的音樂盒。

橙子聳聳肩說：。

「本體已經迅速開溜了嗎？只是輕微接觸一次就撤退，逃跑的速度有夠快……唔嗯，好像是複製影子做成自己的贗品。來源是哪裡的魔術？德國鄉下還是哪裡來著？」

她仔細地注視人偶，倏然皺起美麗的眉毛。

「不，一開始就沒利用既存的魔術基盤，以即興編組的魔術式代替基盤使其成立……搞什麼啊？這等於每用一次魔術，都從中央處理器的設計圖重頭畫起耶。用搞錯重點的魔術巧妙地辦到白費力氣的事情，他屬於那一類的笨蛋嗎？唉，我也沒資格說別人就是了。」

橙子非常傻眼地發出嘆息。

所謂魔術，是魔力透過魔術基盤引發的類超自然現象。

但光從理論上來說，該魔術基盤本身即使當場創造也無妨。只是在這種情況下，即興創造的魔術基盤會受到極其多樣化的參數左右。土地的靈力與星辰的運行不用多說，一陣風、一捧沙子、在場眾人繁雜的意念，一切都必須納入計算來構築術式。

而且，既然受到這麼多參數左右，說來理所當然，一度成立的術式將在隔天——有些情況甚至在幾秒鐘後——失去意義。未經由信仰和集體潛意識固定的魔術基盤就是如此不穩定的事物。

「姑且不論必要性，光看術式的運用在那個年紀就達到色位（Brand）水準啊。艾梅洛也收了個有趣的傢伙。」

橙子露出微笑，手指輕輕揮動。

她刻劃在虛空中的符文形似Ｓ，實際上是那個字母的起源盧恩符文，名為swil。意為「太陽」的符文立刻抹消費拉特留下的影子人偶，如同在朝陽下消融的薄霜。

即使是同一個盧恩符文，效果和威力也會隨著書寫方式與環境等差異大幅變化。

橙子本身曾在公園裡寫滿同一個符文，從一片土地上奪走夜晚的屬性。和當時相比，她認為自己現在的魔術變得草率許多。追根究柢，魔術即是執念，前提是將自身替換成魔術所需的齒輪。雖然到鐘塔翻修過一番，但如果幾位老友還在世，想必會嘆息地道「妳墮落了」。

縱然如此，現在夠用了。

她隱藏著幾個想法，詢問少年。

「好了，你想怎麼做？」

史賓前傾身軀回應。

「……那還用說。」

半實體化的幻體後腿，氣勢洶洶地刨著濕濡的泥土。他大大咧開一口利牙，瞄準敵人的咽喉淌著口水。

「你不聽從友人的忠告嗎？」

「與其聽那傢伙的話逃走，我寧可死。」

也許是幻體的形態不會影響對話，依然露出利牙的史賓說。

「……偶爾也有這種笨蛋啊。」

橙子輕輕苦笑地聳聳肩。

她反倒以抱著好感的目光看著他，接著忽然望向旁邊。

「你先請。」

她催促亞托拉姆。

聽到女子這麼說，青年瞬間皺起眉頭後反問：

「……可以嗎？」

「這次我沒有必要與你為敵。」

還來不及對橙子的回答鬆一口氣，亞托拉姆回過頭瞪大雙眼。

剛才應該已經被抹消的費拉特影子人偶——似乎準備了備用品，在新的地點站起身說

出這種話──

「呃，妳是橙子小姐對吧？妳想要錢的話，痛扁那個褐色皮膚的人一頓，製作和他一模一樣的人偶侵占家產更有效率喔！這樣大家都能得到幸福！」

「唔咕……！」

實質上被指名的亞托拉姆咬牙切齒。

對此，橙子一瞬間露出認真考慮的表情望著亞托拉姆的側臉，然後搖搖頭。

「很遺憾，這樣做不符合我的審美觀。我提不起勁做那麼無聊的人偶。」

「…………」

亞托拉姆的臉色變得有些難看但仍放心地嘆一口氣，煩躁地踢飛手下的襲擊者們。他施加輕微的電擊當成嗅鹽強行叫醒他們，回頭看向原本正在對峙的拜隆卿。

「那麼，我們繼續談吧，拜隆卿。」

「……談什麼事情？」

壯年紳士謹慎地將他的拐杖拉近到身旁。

因為不提突然來參戰的費拉特和亞托拉姆，他十分清楚蒼崎橙子的能力。更何況她剛才當著他的面展現實力，拜隆卿不可能隨意行動。

亞托拉姆得意地笑著，正要悠然地往前走──

「──慢著。」

一個聲音叫住他。

「我沒說要讓你過去。」

是史賓。

他的眼中充滿燦爛的鬥志，身體看起來更加高大。被少年強韌的魔術迴路提煉出驅動幻體的魔力，森林的空氣似乎緊繃地震動著。

「真可靠的騎士(Knight)。雖然我認為你應該多考慮一下護衛的對象比較好。」

橙子低語。

「……唉，無論如何，你先解決掉這些再說吧。」

還沒聽見那句話，史賓的鼻子認知到令人驚訝的事實。

少年周圍半徑十公尺左右的地面被無數的盧恩符文淹沒了。當然，她不可能在來到此處後刻劃出數量那麼多的盧恩符文。史賓也認知到應該作為起點的地方刻著ᚾ(Naudiz)、ᛃ(Jera)、ᚢ(Ur)等盧恩符文。

（難道……！）

那些文字列的意義多半是製造。

蒼崎橙子達到了用盧恩符文創造盧恩符文的境界。

感受到令人毛骨悚然的恐懼，少年馬上試圖跳躍。以憑藉獸性魔術大幅超越人體極限的肉體，就算是一道工程的術式，應該也可以在大部分術式啟動前迅速跳離現場。

「唔──！」

有人抓住了那隻腳。

他立刻認知到，是應該已經昏迷的襲擊者抓住他的腳，以及襲擊者的身體上描繪著ᛗ(Mannaz)這個盧恩符文。

（Mannaz……！）

史賓只聽說過這個名稱。

代表人類、人型的符文。在這個情況下，一定是用來操縱人的──

「抱歉，能用就用是我的原則。」

史賓遠遠地聽見橙子的聲音。

明明站在雨中，女子的嘴邊卻不知何時叼著香菸，吐出淡淡的煙霧。

「……唉，味道果然很糟。」

她還沒說出這句話。

少年周遭的盧恩符文同時引爆。

比起邂逅時更猛烈幾十倍的衝擊，史賓的意識也連同幻體一併被黑暗颳走了。

＊

（嗚哇～嗚哇～嗚哇～！）

費拉特竭力壓下大叫出聲的衝動。

他在森林裡崎嶇不平的路上奔跑，同時拚命維持遠距離術式。這驚人的技術讓人聯想到阿特拉斯院的分割思考，但費拉特當然沒有這種能力，純粹是靠著靈巧達成而已。就像橙子所看透的，這與身為魔術師的本質——力量幾乎無關。不過，在這類街頭雜耍般的魔術上不亞於同世代的任何人，是費拉特·厄斯克德司這名少年的特徵。

……說句題外話，導致他的才能一股勁地往這種方向發展的艾梅洛閣下Ⅱ世也得負起一部分的責任。

他一邊跑一邊透過新運作的影子人偶向遠處的橙子攀談。

「呃，妳是橙子小姐對吧？妳想要錢的話，痛扁那個褐色皮膚的人一頓，製作和他一模一樣的人偶侵占家產更有效率喔！這樣大家都能得到幸福！」

相對的，橙子的回答也透過影子人偶傳來。

「很遺憾，這樣做不符合我的審美觀。我提不起勁做那麼無聊的人偶。」

「說得也是～！」

影子人偶和本體同時表示理解。

被她以審美感為由拒絕，對話就談不下去了。如果有人叫我做那個人的人偶，我也會很為難啊，費拉特心想。可是，現在他有無法坦率地肯定這一點的苦衷。

「狗狗怎麼辦……」

他以極度認真的語氣低喃。

不像這名少年風格的洩氣呢喃最後得到了回應。

「……不不，現在不是擔心別人的時候吧。」

「——呼咦？」

那道話聲和一般震動空氣的聲音不同。

不，雖然的確有震動，卻並非正常使用聲帶發出的聲音。

「畢竟你也沒有擺脫追捕。」

說話的是一隻貓。

一隻扁平的貓追在費拉特的身後。那異常的速度不用說，貓瞪著少年的雙眼——沒有眼珠。

一切都被漆黑填滿，甚至連厚度都感覺不到的平面的貓。

「哇啊！」

費拉特放聲大喊，加快速度。

當然，那也是施加過魔術師獨特的「強化」跑法，他輕鬆閃避灌木與草叢的動作俐落得令人傻眼，然而扁平的貓緊跟不放地追上少年。

「等、等、等等！啊啊～真是的，那就這一招！」

費拉特詠唱某個咒文，一回頭就擲出術式。

儘管威力平凡，其軌道和效果千變萬化。有時是火焰，有時是暴風雨，有時化為無數根針。沒有一個魔術是一樣的——不，若是正如橙子所看穿，也許是地點改變後無法使用相同的魔術——接連不斷地轟炸著貓。

可是，那些魔法統統沒傷到貓，只在森林樹木和地面上留下痕跡。

扁平的貓絕對沒有笑。

只是用嘴巴從那張臉上消失來表現笑容。

「沒、沒用嗎？這下子要完蛋了嗎！」

臉上狂冒冷汗的費拉特邁開步伐，但距離始終沒有拉開，反而漸漸縮減。

「啊啊，真是的！」

這次他投擲的術式引發了到目前為止最大規模的爆炸，不只是貓，連費拉特的身軀也被炸飛出去。

他的身體順著衝擊波，在空中猛然加速。

「哇哇哇哇！」

費拉特順著衝擊力啟動輕量化的禮裝。

他只護住臉和要害，雖然弄得渾身是泥仍毫髮無傷地著地。少年翻滾的身軀一口氣爭取到幾十公尺的距離。

但是──

「……糟糕，連這一招也沒用？」

他調皮的臉龐回頭望去──那隻貓坐在和剛才一模一樣的距離之外。貓沒露出任何反應，作為小巧的怪物君臨這片黑暗的森林。

不。

他得到了貓以外的反應。

「……不要緊嗎？」

少年眼前的樹木發出聲音詢問。

看到從樹蔭現身的少女，費拉特瞪大雙眼。

「小格蕾？」

*

「小格蕾？」

我抱著十分不可思議的感覺俯視瞪大雙眼的費拉特。

我依老師所言，一路追到費拉特指出方向的森林。

由於在途中感受到巨大的魔力波動，我沒花什麼功夫就與他會合了。

可是，這名總是信口開河又悠哉的少年連髮絲都沾滿泥濘，四處奔逃的情況足以令我切換心態。

我望向將費拉特逼入絕境的影子。

「貓……？」

不，我實在不認為那影子會是那種東西。

原來如此，它大概是借用了貓這個「框架」吧。構成神祕也需要接近現實的形式。儘管是魔術，要用毫無關聯的形式干涉現實會十分困難。是老師在課堂上這樣教過嗎？

「咿嘻嘻嘻嘻！喂喂，那是什麼啊！真的是現代魔術師的作品嗎！」

亞德忍俊不禁地笑了。

這一刻我正好需要亞德。

「亞德！」

我解開固定裝置，從兜帽右肩處迴旋釋放他。裝著亞德的「籠子」已經半變形，進一步展開。宛如鬼火(Will-o'-the-wisp)朦朧的磷光立刻變化成新的形狀。

那是任何人都知道的收穫形狀，收割靈魂的形態。

死神(Grim Reaper)鐮刀。

「啊啊啊啊啊啊啊！」

我一蹬地面，發揮大幅凌駕於一般魔術師「強化」的跳躍力。泥濘翻飛，不把狹窄森林當成一回事的鐮刀利刃一閃。

那一擊確實割斷了貓的身體。

然而——

即使挨下甚至能切開靈體的死神鐮刀，扁平的貓仍文風不動。它像要彈開雨滴般抖動一下，舉爪對我還擊。

我以後空翻往後躲，但被削掉露在兜帽外的幾根瀏海。這證明光看純粹的戰鬥速度，這隻扁平的貓性能(Spec)和我相比也有過之而無不及。

（它比我更……）

那個事實讓我非常吃驚。

大約半天前，同樣在森林中和那具自動人偶(Automata)戰鬥時感受過的屈辱在胸中復甦。雖然覺得可笑，但像這樣在交鋒之際發現自己遜於對手，讓我心中不可思議地熊熊燃起某種情緒。

「……亞德。」

「咿嘻嘻嘻嘻嘻！喂喂！妳出奇地充滿幹勁耶！」

鐮刀上浮現的眼球骨碌碌地注視我。

「……因為老師交代過我。」

「只聽到這句話真教人感動落淚啊！」

隨著尖銳的大笑，我和死神鐮刀開始收穫周邊的魔力。即使這個形態能累積的魔力有限，不過這是在魔術師的土地上。就算在受到葛列斯塔的天候魔術影響的狀態下，反倒正因為如此，才能將無法完全控制的盤旋魔力網羅到我們內部。

我讓那股魔力經由魔術迴路布滿神經與肌肉。

這項作業只要一出錯就很可能導致全身血管破裂，不過就像騎從小騎慣的腳踏車，我不可能猶豫。總之，我很習慣將自己替換成為神祕存在的齒輪。儘管不是魔術師，我無非也是這種世界的居民。

印象是火花。

集合的火花化為朦朧的火焰，在胸中迴轉咆哮。老師說過，不分東西方都將徘徊的靈魂形容成鬼火或南瓜燈等等的理由尚無定論。

我猜，是不是因為燃燒殆盡呢？

是不是因為燃燒自己的靈體存在著，遲早必定會燃燒殆盡？

「…………」

我的呼吸平靜下來。

扁平的貓猛然撞擊化為神祕所需系統的我。

我知道那爪子有多鋒利。豈止鐵管，連比指甲更厚的鋼板應該也能輕易切斷。薄得像二次元的利爪，不把所有三次元的硬度當成一回事。若不是亞德作為神祕的強度在對方之上，我應該會連同接下攻擊的鐮刀被切成兩半。

這一次，我的身體無意識地行動。

我順著貓爪揮來的方向旋轉，宛如化為以鐮刀刀身為邊緣的陀螺，在樹木之間縱向旋轉。

我砍了貓七刀。

沒有傷害。我並不驚訝。鐮刀像砍在水上一樣沒有手感，貓照樣存在。

不過，如果需要多砍幾次，我會反覆砍幾十次。幾十次不夠的話，那就重複幾百次。

在那種程度上，我沒有價值。將精神和身體磨損到極限，是我甚至不視為前提來思考的當然之事……老實說，磨損本身讓我產生一絲愉快。

可是——

「小格蕾，那邊！」

聲音突然傳來。

亞德比我更準確地掌握了那個意圖。

「——格蕾！」

彷彿受到那聲呼喚牽引，我再度跳躍。

與亞德同步的身體掌握了方向和距離。飛躍到最高點時，死神鐮刀朝不斷飄落雨滴的夜空掠去。

有什麼東西被切斷了。

那東西連我的眼睛都看不見——多半施加過不可見或無法認知的魔術，在墜地之後終於具體成形。

那是個仿照鳥打造的使魔。身軀和翅膀用黃銅線構成，眼睛則是紅寶石。使魔內部還有個類似迷你膠捲的物體在轉動，透過雙眼的寶石投射出某種光芒。

我察覺到當那道光消失，扁平的貓也同時消滅。

「……原來是影像。」

費拉特低語。

那當然切不斷。

縱然是連靈魂都能切開的鐮刀，當然也切不斷只是映在大氣上的影子。不對，應該說就算切斷了，只要幻燈片投影機還在運作，影子可以復甦無數次。那是與冠位之名相襯，遠離現代的魔術禮裝。

我猛然放鬆，感受到神經剛才緊繃到了極限。魔力循環過的肌肉纖維彷彿隨時會發出悲鳴。

「不過，小格蕾妳為什麼來了？」

「老師……交代我來接你們。」

我回答。

「還有，萬一跟冠位魔術師……」

「……喔，那個匣子內的東西很棘手呢。」

「——唔！」

我不由分說地知道，這次的話聲是真實的聲音。

我動作僵硬地回頭看去，那頭色澤黯淡的緋紅髮絲，即使被雨淋濕仍很美麗。

淡淡的香菸味傳來。是由於雨水消除了氣味，在她接近到這個距離前我都沒發現那股味道嗎？女魔術師嫌麻煩地搔搔頭髮，冷冷地注視我們。

「冠位……魔術師……」

……啊，我明白。

所以老師拜託我的神情才會那麼苦澀。他並非憂慮來襲的葛列斯塔集團。要說起來，那種程度的情況費拉特和史賓應該都能殺出重圍，老師根本不擔心。

可是，他一察覺到遺漏的某個可能性就很苦惱。

亦即這名女魔術師——蒼崎橙子加入戰線的可能性。

「……為什麼？」

我謹慎地舉起死神鐮刀，同時問道。

「為什麼妳要站在葛列斯塔那邊？」

「喂喂，我非得一一說明這種事情不可嗎？是那位君主派妳過來的吧？既然如此，我認為你們察覺到了最低限度的情況。」

「…………」

面對她坦蕩的態度，我想起曾聽老師提及的某件事。

鐘塔會授予特別的術者們冠上顏色的稱號。尤其是三原色為該時代最頂尖的證明，人人都認為達到冠位的蒼崎橙子當然會獲頒純粹的藍(Blue)。

可是，授予她的是沒徹底成為原色的紅的合成色。

（因為她……不是最頂尖的……？）

我覺得並非如此。

我不認識像她一樣出色的魔術師。我想過是不是因為她是不屬於派閥的獨行俠，卻又覺得這推測還是不對。因為她的靈魂和髮色一樣是紅色的嗎？絕不徹底地純粹，正因為如此才看得出來的顏色。

我輕輕地倒吸了一口氣。

我依然面對著她說：

「老師說……妳或許會妨礙我們。」

這有微妙的差異。

不是站在葛列斯塔那邊，而是妨礙我們。

「喔，原來如此。」

橙子也明白了。

「唉，我接到了委託，希望我和你們為敵。」

女魔術師乾脆地說。

我將那個答案刻在心中，繼續發問：

「……史賓……人呢？」

「嗯？喔，那個狼小子嗎？」

橙子察覺似的頷首。

「他總讓我覺得很懷念，不想下手補上最後一擊，所以直接拋下不管嘍。唉，葛列斯塔的當家或許會對他動手，但那就不在我的責任範圍內了。」

「…………！」

我咬住下唇。

不是出於什麼同伴意識。我一開始就不屬於艾梅洛教室也並非魔術師，即使不考慮剛才那隻貓，至少我也很清楚這名女魔術師是非比尋常的對手。光是和她對峙，我就手指發顫，心臟發出不祥的搏動。就算如此，我也無意退讓。

唯獨在這種時刻，絕不會退讓的人的面容，總是在我腦海中揮之不去。

我握著死神鐮刀的手加重力道。

「啊，那玩意兒很有趣。」

橙子指著我的鐮刀。

「雖然是頭一次看到，這應該屬於超過千年的神祕吧。搞不好也不是人工打造的？現代魔術師的作品可比不上。」

神祕會屈服於更強大的神祕。

當然，契合度和工藝優劣這些條件也經常造成逆轉，不過這個原則是成立的。在許多情況下，神祕的強大起因於古老。橙子隱約地看穿亞德——作為死神鐮刀核心的寶具。

「……既然如此，能不能請妳退讓？」

我認真地請求。

「很遺憾，這好歹是椿委託。依照我這邊的情況也不能輕易答應。」

橙子的手指輕描淡寫地劃出文字。

盧恩符文。我不知道符文的意義，我在作為魔術師的學習上並未認真積累到足以明白其含意。

可是，一陣恐懼掠過心頭。

我在僅僅一瞬間揮動鐮刀。縱然如此，來自橙子的魔力搶先構成意義。一道工程壓倒性的速度，並非外部的物理行動能改變的。

（——那麼！）

我不管三七二十一地跳躍。

魔術連同盧恩符文發出的冰棘一併襲來。

她似乎打算束縛我的行動，不過我和亞德在神祕的階梯上更高階。光是放射出已達到臨界點的魔力，冰棘就如受到陽光照耀的薄霜般悉數消散。

「果然很厲害。現代的共通符文（Futhark）完全無法抗衡嗎？單純比拚力氣的話這個最管用。在衡量魔術契合與否前，以強大的神祕壓倒弱小的神祕——啊，是我以前也用過的方法。」

橙子侃侃而談，又刻劃起盧恩符文。

有些掀起火焰。

有些施放肉眼看不見的衝擊。

死神鐮刀立刻將那些魔力和神祕現象砍斷，然而，橙子臉上始終沒浮現焦慮之色。她像個關注感興趣的實驗結果的科學家，濡濕的臉頰上只是浮現淡淡的微笑。

「——那麼，你接下來要展現什麼低級趣味魔術給我看，天才小弟？」

橙子的視線並未投向他，腿倏然一動。

她不看對手直接使出一記漂亮的飛踢，正中準備從她背後偷偷靠近的費拉特。他滾飛至背後的樹木，後腦勺遭受到撞擊而倒伏在水窪中。

橙子看著昏迷的少年傻眼地說：

「……不，我本來打算在魔術戰前稍微牽制……沒想到直接踢昏了他……喂，這傢伙的能力到底有多極端啊？」

老實說，我也有同感。

不過，這方面的狀況我也在鐘塔課堂上體驗過。

「強化」並非只針對單純的肌力，對於反射神經及平衡感也有效果。不過，這不代表連本人的經驗與判斷能力也增強了。從結果來說，費拉特的情形是體能大幅提升，但毫無增進格鬥能力。具體而言，他防身術課的成績每次都不及格，弱到連被老師教訓時，老師大多能靠體力收拾他。

無論如何，我們手中的牌無疑少了很多。

（已經連爭取時間都——）

被對手看穿，陷入不利的毫無疑問是我方。對方說不定還有幾招殺手鐧，但我們只剩下一兩招可用，而且是目前無法好好打出來的王牌。那麼，我只能靠應該是唯一超越她的體能來壓制她。

「——嘖！」

我的雙腿旋轉。

我瞬間將橙子當作目標，運用離心力揮起鐮刀，斜斜砍下。亞德已從周遭的魔力收割了需要的能量。我讓比剛才對付貓時高出幾段——達到現階段臨界點的魔力產生循環。

毫不留情的鐮刀一擊，卻在即將砍中時停止。

「——唔！」

不是盧恩符文。從至今的情況來判斷，她就算使用防禦的盧恩符文應該也會被我砍倒。然而，這股奇怪的手感是……

「包含你們在內，看來這次聚集的魔術師們都誤會了。」

橙子感慨地低語。

那個聲音在雨聲中低沉地匍匐於地。

「如果魔術師想成為最強，沒有必要改造自己。啊，艾梅洛閣下II世不是很清楚這一點嗎？畢竟這是他在先前的戰爭中倖存的最大理由。」

明明如此接近，她的聲音卻極為遙遠。

不知何時，橙子的右手握著一個皮包。

那個以旅行包來說稍嫌太大的奇特皮包，開口縫隙間只透出漆黑的黑暗。皮包裡裝滿連我經過「強化」的視覺都無法看透，宛如化為個體的黑暗。

裡面有兩隻。

「只要召喚或創造最強之物就行了。」

在皮包裡發光。

——兩隻……眼睛。

我渾身凍結。

我終於領悟到鐮刀停住的理由。並非橙子做了什麼舉動，是我感到畏懼。在我心中的自己察覺到住在這個皮包裡的怪物。啊，對了，這個皮包的形狀不會令人想像到嗎？

以皮包來說過大的立方體。

比方說，那不是也近似於亞德——和出現在某種神話中，用來封印魔物的匣子性質相同嗎？

「——蒼崎橙子，妳……」

聲音沒有傳出喉嚨。

從縫隙裡伸出來的東西，是觸手嗎？纏繞在死神鐮刀上的那個，憑藉連亞德都難以輕易切斷的壓力和柔軟度，逐漸吞沒鐮刀與刀柄，甚至是我的手。

純粹的生理性恐懼，從我的喉頭深處湧上。

*

忽然間，被打飛的人體從森林空間中拋飛過來。

拜隆卿重摔在濡濕的地面上，弄髒了英倫風格的西裝。

「哎呀，蒼崎小姐。」

打飛他的青年梳起頭髮。

「亞托拉姆嗎？你們那邊也結束了？」

「哼哼。嗯，可以說是解決了。」

亞托拉姆像要撣掉灰塵般輕輕拍手，俯視著拜隆卿。實際上，雖然拜隆卿是優秀的魔術師，但他在純粹的戰鬥能力上沒道理敵得過亞托拉姆。在這名習慣熾烈激戰的褐色肌膚青年眼中，那種埋頭於陳腐權力鬥爭的魔術師根本不值一提。

追隨亞托拉姆的葛列斯塔部下們也出現在他背後。

史賓也被其中一名襲擊者抓住。一名部下揪住他的脖子，像塊破布似的拖拽著他。就算身材瘦削，只要好好施加過「強化」，要辦到這種程度的事情很簡單。至少在魔力操作上，這些部下也具備超過合格魔術師的實力。

「如何呢，拜隆卿？雖然費了我一番工夫，你差不多也該死心了。」

「……你要我對什麼事死心？」

拜隆卿摀住傷口，仰望青年。

「呼～你和鐘塔的顯貴們一樣不肯服輸啊——真是的，我看你們個個腦袋都發霉了吧？」

無論如何，亞托拉姆這方似乎認為要殺要剮都是他們的自由，只要在喜歡的時機盤問拜隆卿就行了。也許是應對自尊心很高的英國紳士讓他有點吃不消，他再次向橙子攀談。

「也罷。比起這個，蒼崎小姐才是。不愧是冠位，連對付美麗的少女都毫不留情。那麼，妳把她弄成廢人還是怎麼了嗎？」

「喂喂，我才不會做出那種浪費——別說得那麼難聽。對方可是外表惹人憐愛的少女喔，我只是稍微挾制了她的靈感。」

橙子說完後噘起嘴。

在她眼前，我握著鐮刀渾身凍結。

實際上，她拎起的皮包緊緊關著。橙子沒有打開皮包，只是稍微暗示了內容物。

「這女孩對靈的感受性似乎太高了，是靈媒中常見的類型。正因為優秀得超越群倫，在某種場面才會顯露出致命的缺陷。我看這是那個教室的學生的共通模式吧。」

「……史……賓……費拉特……」

我從喉頭喊出名字。

身體動彈不得。

不是單純的顫抖或畏縮，我從精神的核心麻痺了。由於我明白如果輕舉妄動，認知到皮包內的東西，這次我會自己崩潰，因此本能採取了防衛行動。

（…………）

好無力。

我無力得無可救藥。

——「妳應該毀滅的是——」

——「妳是值得自豪的孩子。」

——「因為，妳比任何人都更——英雄。」

聲音在腦海中迴盪。

故鄉的聲音。正確的眾人。為我的變化感到欣喜，純潔的雙親和親戚們。

（……………………啊啊。）

對了，是這樣嗎？

只要奉獻自身就好了。

反正我是為了這把槍創造的產物，依照這把槍的要求發揮力量就好。我從一開始就沒必要思考，因為逃跑的意義從一開始就不存在，按照原樣加以接納就好。

只要改變就好。

不是什麼現有的自己，變成古老的英雄。

「Gray（昏暗）……Rave（喧鬧）……Crave（渴望）……Deprave（誘人墮落）……」

我的嘴唇哼著歌。

霎時間，不只緊鄰在身旁的橙子，連本來旁觀局面的亞托拉姆和拜隆卿都猛然回頭。

周遭的大源被吞食殆盡。

「這樣啊。」

橙子輕輕頷首。

「那就是妳隱藏的祕密？」

「Grave（雕刻）……me（在我身上）……」

我依然低著頭，雙唇自行發出呢喃。自身的意識正在消亡，在許久以前就已滅絕。所以，這不是我的聲音，是更加不同——潛伏在自己深處的另一個自己。

我的故鄉創造的另一個怪物。

有什麼東西搖晃震動。

「嗯，這樣不太好喔，這傢伙很可能會有興趣。」

橙子依然拿著大皮包，面露苦笑。宛如在自白裡頭的對象是連她自己都無法控制的東西一般，皮包緩緩地顫動起來。

發出嘰嘰的聲音。

皮包自行打開開口。這次不是妄想，而是現實中發生的情景。

「蒼崎小姐。」

不知道是對亞托拉姆帶著戰慄的話語有所反應，還是自言自語，橙子低聲說：

「——依情況而定，這一帶會夷為平地嗎？」

那將是皮包的內容物造成的？

還是——

「Grave（挖掘墓穴）……for you（為你）……」

魔力流轉。

依據某種契約運行的循環在我的體內和亞德之間展開。構築環境。血肉與骨骼都透過魔力重生，甚至假想構築出昔日某位英靈曾具備的幻想種基因。

橙子瞥了旁邊一眼。

「喂，別多管閒事。」

「這怎麼能置之不理！」

亞托拉姆吶喊，手上放著一個小壺。魔力與電力調合，在他的指尖化為壓縮成小規模的閃電——啊啊，我的身體和槍也對那種敵性下了判斷，魔力的脈動響起。

嘴唇一動。

宛如不祥的詛咒般說出那句話。

「聖槍，拔——」

剎那間——

另一個聲音傳來。

「……看那個人（Ecce homo）。」

身體還是動彈不得。

可是，在場所有人都看見了她。

4

那個術式是由三人組成。

一名魔眼少女站在三位一體的關鍵之處。

「萊涅絲，鎖定魔眼。」

隨著老師的聲音，少女的意識收束術式。鐘塔判斷她的魔眼會立刻發熱，是大腦和魔術迴路不成熟所致。總之是大腦和魔術迴路的處理速度跟不上魔眼，引發過度反應。

不過，現在這一點應該值得感謝。

由於那種過度反應，她的魔術精密度數一數二。

每當織工伊斯洛碰觸，那個的禮服就重新構築。

每當藥師邁歐祝願，各種促效劑的藥物血中濃度和神經傳導物質就從那個內側受到更動，逐漸重生。

於是，在最適合那個的瞬間，少女啟動術式，高聲呼喊。

5

「……看那個人。」

——時間停止。

座標失去意義。

所有時空連續體看起來都像被奪走了其整然的緊密。

不光是在場魔術師們的意識，那股精髓對棲息在森林裡的小動物和昆蟲——不，連非生物的土塊和水滴都造成影響。如果進化的意思是最佳限度地適應環境，那個是很可能會滅絕世界，形狀與數字的終點。

■——我腦中沒浮現那樣的詞彙。

因為我發現容許人類使用的不完全語言，在其真實存在的面前只是種空虛。據說昔日某位遭封印指定的魔術師，曾經習得沒有任何謬誤，甚至沒有生物無生物的區別，說給世界本身聆聽的統一語言（Master of Babel），她的■同樣到達了通往根源的領域。

應該已逝的黃金公主，佇立在森林正中央。

6

「…………………」

「…………………」

並非啞然失聲。

直到剛才為止，被迫使投入戰鬥——在極限的賭命搏鬥中，連靈魂都變得敏銳無比的魔術師們，無一例外地受到那種驚人感受震撼，呆立著不動。

不只如此。

「亞德……他……」

我注視自己的手邊。

死神鐮刀別說是展現真正的「槍」狀態，更變回在鳥籠狀籠子裡的小匣子。

「妳也被逼退回去了嗎？」

橙子無奈地閉起一隻眼睛。

她手中的皮包同樣也闔起開口。

「剛才是怎麼回事……」

而且，不只是亞托拉姆準備施放的雷電，連淹沒整個區域夜空的烏雲都流散開來。甚至連集結數十人之力施展的天候魔術，都如同撕破薄紙般輕易地煙消雲散。

事物回歸原位。

當絕對的■出現時，所有完成度遜色、不自然的魔術都回歸於無。這件事足以和往昔聖人分開紅海，讓數千人逃離埃及的奇蹟相比。

同時，這也是重現昨天才發生的事。

「…………」

剛才的奇蹟在短短數秒鐘後結束。

佇立於那裡的並非遇害的黃金公主，而是白銀公主本人。

「……原來如此，投影嗎？」

橙子低語。

那原本是在舉行魔術儀式等情況時，用魔力將實在無法籌措到的原型鏡像變成物質短短幾分鐘——只是這樣的魔術。這種術式需要高水準的技術，會消耗大量魔力，意義卻不大，魔術師們也不怎麼注重。

然而，唯獨此刻。

老師出現在我身旁輕輕點頭，開口說：

「正如妳所察覺，這是將初次露面聚會上的黃金公主投影在白銀公主臉上——行使的人是我的弟子萊涅絲。」

「哼。術式由你構築，準備儀式的是梅爾阿斯提亞派的兩位，我可不能誇耀什麼。」

依然捂住眼睛的萊涅絲揚起嘴角。

邁歐和伊斯洛也在她身後，兩人都露出剛成功施展完大魔術的憔悴臉色。一般來說，要投影伊澤盧瑪在所有魔道的盡頭創造出來的黃金公主，無論是什麼樣的魔術師都不可能實現。

可是，有身為雙胞胎，從出生前起一直承受相同術式的白銀公主介入，那種術式也罕見地可能實現。當然，沒有萊涅絲的魔眼與極高精密性的魔術，再加上長期在內外裝扮黃金公主與白銀公主的邁歐和伊斯洛協助，這個程序終究無法達成。

亞托拉姆咬牙切齒，挑釁似的開口：

「那又怎樣？你們以為憑這種讓人吃驚一下的魔術，就能阻擋我們？」

「別逞強了。」

橙子苦笑地揮揮手。

「魔術成立於篤信能改變現實世界的想法與相稱的集中力上。現在只是閉上雙眼，腦中就會閃過那張臉喔。大約兩三小時之內，我覺得我也只施展得出開位（Course）等級的魔術。」

橙子誠實至極地坦承自己的狀態。依照聽者的態度而定，她所說的內容明明甚至可以認為是致命的問題，由這名女子說出口卻毫無逞強之處，讓人一下子就接受了。

而我……只感覺身體沉重。

「……老師。」

在即將向前傾倒的瞬間，我感覺有人摟住我。

帶著雪茄味的大衣觸感令我非常安心。

「抱歉……我說過希望妳爭取時間，但果然行不通。真的很抱歉。」

老師的道歉在我耳畔響起。

「我也做好了覺悟。我會回應妳的行動。」

他單手支撐住我的身體，視線轉向女子。

「蒼崎小姐。」

他攀談道。

「呼嗯，這一招的確讓我沒了勁，不過你打算怎麼做？」

「既然沒了勁，應該有談判的餘地吧。」

老師斷然說完後，續道：

「……再說，看到剛才的魔術，妳不也明白了嗎？」

「……呼嗯。」

橙子沉默半晌。

「我有猜想到，但是那麼一回事嗎？你剛才的表演也是對我的回答嗎？」

「多半正如妳想像的一樣。」

老師頷首。

我不明白對話的含意。無論是老師問橙子是否知道的內容，還是橙子接受是那麼一回事的理由，我都一頭霧水。他們使用與我相同的語言，卻彷彿在用只有彼此相通的特別語言交談。

儘管如此，我唯獨理解到他們雙方達成了某種協議。

「同時，這是我的臆測，不過委託人約好要支付給妳的報酬——」

「——嗯，如果像你想說的一樣，報酬就喪失意義了。不如說，我受騙了。不，在這種情況下對方沒有撒謊，所以只是我貿然斷定而已吧？」

橙子無奈地聳聳肩。

也許是有什麼想法，女子的口吻出奇地高興。那個表情就像被觀賞的電影或什麼爽快地騙了一樣。

老師接著轉動目光。

「你是亞托拉姆・葛列斯塔沒錯吧。」

「找我有事嗎，君主？」

褐色肌膚的青年十分厭煩地回應，語氣中不帶一點從君主的字面上可見的敬意。

老師毫不在意地問：

「可以歸還我的弟子嗎？」

「啊？你算老幾？這些傢伙企圖殺害我。就算是君主，你以為你有權限強行要我原諒這種對象嗎？」

史賓被襲擊者們抓住，依舊昏迷不醒的費拉特也同樣被亞托拉姆的部下包圍。他們大多都還因為黃金公主的投影茫然自失，但也不至於鬆懈到讓我們強行搶回兩人。

「我知道你所尋求的東西。」

「……我並沒有隱瞞這一點。更何況如果是你，當然知道吧？」

亞托拉姆逞強似的露齒一笑。

雖然和橙子的印象不同，青年也對老師表現出奇妙的感情。明明應該是初次與老師見面，他們卻好像在細微的一點上互通——互相對抗一樣，有種不可思議的距離感。

老師停頓一下後開口：

「上個月，伊澤盧瑪和你在拍賣會上爭奪的是某位英靈的聖遺物。」

「唔——！」

這句話令我不禁屏住呼吸。

我想起來了。邀請我來雙貌塔後，萊涅絲對老師說過這樣的話。

——「你瞧，你還沒放棄第五次聖杯戰爭的協會名額吧？」

——「雖然還有另一個名額，這邊就很可疑。聽說有新手出錢要獲選的魔術師轉讓名額。」

假使那名新人正是亞托拉姆・葛列斯塔。

那麼，他尋求聖遺物也是當然的。聖杯戰爭是魔術師們喚醒英靈，讓他們交戰的極東的大儀式，為了召喚出目標英靈，需要該英靈相關的聖遺物。舉例來說，若是與聖劍相關的英靈，那把聖劍的劍鞘即為聖遺物……類似如此。

「所以……怎樣？」

亞托拉姆煩躁地咂舌。

相對的，老師緩緩地回答：

「如果我的推測無誤，你威脅拜隆卿也沒用。他應該也不知道聖遺物現在的下落。」

「什麼——？」

亞托拉姆瞥了難受地靠著樹木的拜隆卿一眼。

拜隆卿沒有回答，也不否認。

老師代替他續道：

「我可以告訴你那個聖遺物的下落。」

「哈哈。所以要我別對你的弟子下手，感激地洗耳恭聽你那無聊的推理？話先說在前頭，憑我目前的戰力，要勒死你和你的弟子們是易如反掌。我也可以現在當場逼你透露消息喔。」

「我承諾這個消息有足夠的價值。」

面對他毫不隱藏敵意的口氣，老師坦率地點點頭。

「——另外，如果我的推測失誤，也會轉讓超越你目標的寶物給你。」

「啊？」

亞托拉姆一瞬間愣住，然後像覺得非常可笑似的低笑出聲。

「你在說什麼啊，君主？我自認十分理解艾梅洛的財務狀況。你們不可能準備得了比那個更好的東西——不，難道……」

難道……他沒繼續說下去。

他也終於理解老師所說的意義和其後的可能性。不，不光是他。那個意義對我而言也太過沉重，甚至讓我絕望得只是想像就覺得心臟彷彿會被壓壞。

「老師！」

然而，老師像沒聽見我的呼喚般看向義妹。

「……萊涅絲，可以吧？」

「隨你高興。至少那個東西現在不屬於艾梅洛，是你個人的私有物。」

或許是因為方才的投影耗盡了精力，臉色發白的少女嘆了一口氣。

之後，老師如此續道：

「我以艾梅洛的君主身分起誓。」

他又停頓了一下，堂堂地宣言：

「將我擁有的聖遺物賭在剛才的約定上。」

老師擁有的聖遺物。

「難道那是第四次聖杯戰爭的……」

亞托拉姆瞪大雙眼。

在他的視野中，老師特意緩緩地取出雪茄盒。他用火柴的火焰摩擦點燃雪茄，拿到嘴邊。做完一連串如魔術儀式般的行為後，他毅然決然地說：

「經過實戰驗證（Combat Proven）。我說要賭上我在第四次聖杯戰爭中生還的理由——召喚過那位大英雄的聖遺物。」

人人都沉默不語。

沉默彷彿會直到永遠，但只有我的沉默參雜著彷彿會讓喉嚨乾涸的恐懼。即使我和老師只相處短短幾個月，我也知道正是第四次聖杯戰爭的戰鬥和記憶形成他的人格。還知道在那些回憶和戰鬥的中心，有老師與他召喚的英靈共度的時光。

在煙霧的香氣中，褐色肌膚的青年臉上綻放笑容。

「──哎呀，沒想到你那麼重視換不了錢的弟子。」

他的話語中包含由衷發出的嘆息與奇妙的好感……類似這種事物。我不明白他覺得老師的什麼地方令人喜歡。

亞托拉姆．葛列斯塔愉快地以手梳理長髮。

「不過，我也沒不識趣到會插嘴干涉他人的信念。最重要的是，我不能對你準備為談判付出更好代價的覺悟不屑一顧。我就以最大的好意接受那個請求，艾梅洛閣下II世。」

他傲慢地微笑，就像對關係親近的朋友提出了一筆類似欺詐的生意。

✦ 第三章 ✦

1

——美是什麼意思？

來雙貌塔前，萊涅絲問過老師類似的問題。

如果單純是讓人類認知到愉快的形態，我認為當時的黃金公主是不同的事物。因為那是遠遠超乎我們認知的事物，終究不可能替換為愉快或不愉快的感受。所有情緒只是極其單純地全從我們的容器內滿溢而出，既無法阻止也無法品嚐。重現的黃金公主的形態處於超越的領域，甚至連那位橙子也像無法出手一般露出苦笑。

那說不定近似地獄。

不是天堂。至少依照教會的神父們所言，天堂應該是更平靜地環繞眾人之處。這種無法理解又深具衝擊又衝動又有破壞性，倒不如說是致命的存在方式，果然還是像地獄吧。

魔術師儘管是從一開始就不信服神明，立志前往地獄的一群人，不過在現世構築地獄是另一回事。如果建造出這種東西，觀點將會改變。如果活著時就得知應該在死後知曉的概念，絕大多數的宗教和思想都會喪失意義。

怎麼樣活著，與怎麼樣死去的含義相同。天堂或地獄都不過是人們祈禱有盡頭而夢想的終點。等到不再身為人後，可以品嚐到身為人無法完全承受的快樂和痛苦，所以在那個時刻來臨前竭力掙扎就行了——那是為了如此大聲呼籲而安排的設定。為了將這個概念傳播給無法讀寫的群眾，各種宗教發展藝術，鮮明地描繪天堂和地獄。經過數千數萬人之手細緻地描寫，同時那些描寫又全部被註釋與真實相去甚遠的矛盾。這種矛盾與再怎麼描繪美麗的事物都無法達到美本身的藝術，想必相當契合。

無知的信徒只能透過打開一絲縫隙的窗戶想像。我們只需想像最幸福的天堂和苛酷到絕望的地獄。因為只能在大腦這個牢籠中自由作夢的功能，是最初賦予人類的罪與罰。

然而——

沒錯，直到後來，我唯獨對於這一點仍感到疑問。

萬一出了錯，不小心到達真實（根源）的話——最後化為地獄的黃金公主懷抱著什麼想法呢？

*

「——了不起的魔法。」

當我們抵達月之塔的大廳，巴爾耶雷塔閣下——坐在長椅上不動的依諾萊舉起威士忌酒杯。她似乎正在小酌。既然不清楚老師的談判是否成功，她待在這座月之塔中等候，結果不管如何都不礙事。

瀟灑的水晶吊燈將晶瑩的光芒投射在魔術師們身上。

在光芒下，老師微皺眉頭。

「魔術師不該輕易說出魔法兩字吧。」

「不不，你剛剛的作為正是魔法。不是魔術這種改變現實的手段，而是將某種不可能化為可能的意思。」

老婦人轉動布滿皺紋的食指，喝光剩下的琥珀色液體。

放在桌上的酒杯發出清脆聲響，老婦人朝坐在她背後沙發上的褐色肌膚青年瞇起眼睛。

「葛列斯塔的少爺也沒料到會被這種方法哄住吧？」

「我不否認這一點，眼前的利益吸引了我。唉，一方面也是因為沒聽說過鐘塔裡有會做出那種愚蠢賭博的君主，感到不知所措。」

褐色肌膚的青年——亞托拉姆摻雜挖苦地回應。

實際上，我也有同感。我想都沒想過老師會將那個聖遺物拿來賭。經過大約兩小時，我心中的動搖仍未平息，在按照老師和萊涅絲指示，幫忙做各種準備的同時，腳步也輕飄飄的，心神不寧。

「對我來說，能如此大飽眼福就暫時滿足了。」

依然沒戴眼鏡的橙子淺淺地微笑。

老師的目光緩緩地轉向旁邊。

「白銀公主也是，接受投影的身體有問題嗎？」

「沒有……因為嚴格來說，我的身體只是個契機。」

白銀公主微微頷首。

投影是用以太體創造臨時實體的魔術，可以說像在白銀公主的身體上蒙上一層極薄的面紗。白銀公主越接近黃金公主，魔術的成功率越高，但不會對白銀公主本身造成任何影響。從這層意義來說，也符合科學上的觸媒（Catalyst）定義吧。

女僕雷吉娜陪在白銀公主身邊，而邁歐和伊斯洛狐疑地注視著老師。

他們在阻止葛列斯塔襲擊這一點上和老師目的相同，不過襲擊一旦結束，雙方關係恢復原狀也很合理。

亦即在黃金公主及其女僕的連環凶殺案中的偵探和嫌犯。

「……我姑且認同你的發言。」

拜隆卿也開口道。

他也出於雖然有異議，但隨便否定又會再度與亞托拉姆一行人為敵……的理由，姑且接受老師的行動。

在大廳中，案件相關人物齊聚一堂。

依諾萊和米克・葛拉吉利耶。

亞托拉姆・葛列斯塔。

白銀公主。

雷吉娜。

邁歐和伊斯洛。

拜隆卿。

以及老師、萊涅絲和我，總計十一人。費拉特和史賓大約在一小時前恢復意識，目前遵照老師的吩咐不在場。

還有，亞托拉姆從襲擊者中挑出的數人也遠遠地觀望著。留在塔外的其餘人員也正在待命，如果塔內發生風波應該會毫不猶豫地衝進來。

「……那麼，艾梅洛閣下II世。你誇口說過全員到齊之後，會告訴我們你引以為傲的推理吧？」

「我沒說是推理——是推測，畢竟其中沒有道理。」

老師還是老樣子，加上無關緊要的瑣碎註釋。

不過，對他本人而言也許很重要。這和他不時提及在與魔術師相關案件中的鐵則——是誰做的(Whodunit)、犯罪手法(Howdunit)是什麼沒有意義，唯一能相信的只有動機(Whydunit)為何或許是成套的論點。

（……可是——）

我心想。

如果案子無法解決，老師的損失何止慘重。艾梅洛的權力等等在老師眼中應該無關緊要，但唯獨這次提出的聖遺物不同。不，說到底，考慮到來襲的葛列斯塔，現在需要的絕不可能是單純解決案件。

老師帶著一如往常的苦澀神情仰望天花板，轉向雙貌塔的主人。

「首先是拜隆卿，請兌現我拜託你的事情。」

「……嗯。」

拜隆卿不情願地頷首，打了個響指。

那好像是個信號，隨從取來的箱子上的封印魔法圓被小刀削掉一處。之後，從箱內鑽出的水銀化為女僕的形狀。

「托利姆。」

我也看出萊涅絲的神情鬆了一口氣。對她而言，托利姆瑪鎢應該是近幾年來不曾分離的搭檔。

例如，那就像——對我而言的亞德一樣。

「不過，如果你們做出不必要的行動，我會立刻收回她。」

「好的，請儘管監視。你的專注力也大致恢復了吧？」

萊涅絲從頭到腳仔細地檢查托利姆瑪鎢，同時反擊。

「——如此一來，準備作業也結束了吧？」

坐在椅子上的亞托拉姆悠然地抱起雙臂。

在這個利害關係與感情複雜交織的場合，他是唯一的旁觀者與掠奪者，沒有任何會失去的事物，他的笑容也展現出這種從容不迫。

「不，還差兩個人。」

老師轉頭望向入口。

隨著響亮的腳步聲，來者打開大廳門扉。

「抵達！」

「不好意思，打擾了。」

「——費拉特、史賓。」

看到雙人組之一的捲髮少年懷中的東西，我一瞬間停止呼吸。

因為他謹慎地抱著，蓋著毛毯的是女僕卡莉娜的屍體。

「……姊姊……」

雷吉娜的呼喚悲傷地在大廳裡響起。

史賓直接將屍體放到地板上，老師在一旁蹲下。

他取出放大鏡與筆型手電筒等幾樣工具，開始驗屍。那副模樣比起魔術師，更適合當警方鑑識人員。對了，和作為偵探的名聲一樣，夏洛克．福爾摩斯曾以當時最先進的科學搜查廣為人知。這種多餘的思緒閃過我的腦海。

老師以魔術師來說太不成體統的樣子看得周遭竊竊私語，但事到如今，老師不可能理會這些，伸手碰觸亡者彷彿沉眠的容顏。我不斷幫他擦拭由於太過專注而流下的汗水，不過他似乎連這件事都沒察覺。

不久之後。

「果然。」

他低聲呢喃，聲音如同喘鳴。

「耳膜被剝離了，這是蓄意奪走聽覺的痕跡。既然要做得徹底，是會那樣沒錯。就像她本人也說過，在能用魔術輔助的環境中，這幾乎不成問題。」

老師的敘述，在周遭眾人聽來或許是指殺害卡莉娜的凶手的作為。

但是，我回想起某個事實——黃金公主來到萊涅絲房間時的自白。她因為遺傳問題失去聽覺的事。

織工伊斯洛皺起眉頭發問：

「……那是……什麼意思……呢……？」

「嗯。」

老師緩緩站起身。

他再度輕撫胃部附近，深吸一口氣。

「那麼，從結論說起吧。」

他在卡莉娜的屍體前，理直氣壯地說出口。

「她就是黃金公主。」

一片沉默降臨。

宛如被施了魔術——那陣沉默等同於所有聲音突然從世界上消失。

2

老師在教室上課時偶爾也會這麼做。

他的特質明明不只是腳踏實地，根本像腳底生根一樣穩健，卻會非常偶爾地說出太過跳躍的結論，嚇得全體學生目瞪口呆。即使發生那種情況，費拉特也會漫不經心地喧鬧，大都是史賓試圖制止他，結果招來更多的悲劇和混亂，不過這次有些不同。

一張嘴不斷開開闔闔，自稱間諜的——米克．葛拉吉利耶問老師：

「……喂喂，你在說什麼？」

「就是字面上的意思。雖然我沒有參加，但在伊澤盧瑪這次的社交聚會上初次露面的黃金公主是她。」

任何人都沒有說「你該不會瘋了吧？」。

老師的發言已超越那樣評論的限度。

她確實是一直隨侍黃金公主的女僕。可是，究竟是經過怎樣的思考，才會推導出她是黃金公主本人？

亞托拉姆作為代表發問：

「……你是指方才那種像驚奇箱的投影嗎？不過，那不是有原本就酷似白銀公主才得以實現嗎？」

正是如此。

那個黃金公主是以白銀公主這個獨一無二的觸媒為基礎，萊涅絲、伊斯洛、邁歐等魔術師全體出動，好不容易才成立了短短數秒的幻影。以這名結構差異極大的女僕為基礎，行使同樣的術式也不會成功，而且黃金公主在初次露面聚會上現身的時間雖然不長，卻不只數秒。

老師微微點頭。

「方法當然不同。不如說，這一點我一直不明白。因為說到底，要完成黃金公主，時期實在不佳……費拉特。」

「是是是～我畫好了～」

費拉特舉起手，拿著一張圖畫。

萊涅絲看到圖畫後，朝托利姆瑪鎢的手臂吹氣。蘊含魔力的氣息讓水銀女僕的手臂一下子消失，朦朧的霧氣覆蓋周遭。不久後，閃閃發亮，吸收四周光線的薄霧在半空中重現少年描繪的圖畫。

天宮圖。

老師苦惱過許久太陽和月亮對不上等問題的天體圖。各個行星和軌道在空中陸續出現，然後替換成幾幅平面圖。圖形未必和地動說——行星原本的軌道一致，是因為這並不是科學，終究是魔術上進行觀測需要的資料。

「在場的諸位，都記得當前時期的天宮圖吧。」

說出開場白後，老師續道：

「陽之塔與月之塔、黃金公主與白銀公主，伊澤盧瑪的術式徹底成立在太陽和月亮的術式上。可是，如果伊澤盧瑪是使用與葛列斯塔競標的咒體完成黃金公主，時期無論如何都不吻合。因為他們得到咒體頂多是在一個月前，而太陽和月亮的相互關係適合的時期在幾個月前就過了。」

老師指向空中天宮圖上的太陽和月亮。

第一張圖上兩顆星球處於相同位置，另一張圖上則是相對。

「最佳時機是正午的日食，太陽和月亮位於同一黃經的合。其次是太陽和月亮相對的衝現象，掌管造形的土星處於一百二十度的位置上，但兩者都與季節不符。」

「你……」

拜隆卿的臉色已經氣到極點，變得發黑。

老師此刻所做的事，等同於仔細地解體伊澤盧瑪的術式。可是如果隨便駁斥，將會主動暴露奧祕。雖然是為了阻止葛列斯塔的暴行，既然他同意老師的發言，這是只得甘心承受的苦行。

「可是，若將其他東西比擬成太陽就沒問題了。」

「哦？其他東西指的是什麼？」

也許是很感興趣，亞托拉姆探出身子發問。

老師極為詳細地補充。

「嗯。在魔術上有時會將其他行星比擬成太陽，特別是金星經常如此。因為那是整個天空最明亮的行星吧。基於這個理由，金星在極東稱為金神受人畏懼，聖經也稱金星是自天上墮落的路西法、晨星、昏星。金星還是維納斯之星，追溯根源，與美索不達米亞的伊絲塔也有關聯。像這次一樣應用於美之精髓的魔術上，可說是最佳的比擬吧。」

「艾梅洛閣下II世。」

悅耳的嗓音呼喚老師的名字。

是白銀公主。在清涼的月之塔大廳裡，她隔著面紗靜靜地問：

「雖然不清楚咒體和比擬一事有何關聯，那我們看到的蒂雅德拉姊姊——黃金公主的屍體是什麼？屍體現在應該還擺在姊姊房間裡。」

儘管施加過最低限度的魔術防止腐敗與變質，為了保護現場，黃金公主的屍體幾乎保持原狀不動。

聽到問題的老師冷靜地回答：

「那當然是真正的黃金公主，只是並非出席初次露面聚會的黃金公主。」

「…………？」

我也不禁歪了頭。

我越來越不明白他的意思了。老師所說的話完全沒展露出全貌。即使一一給出線索，憑我的頭腦也拼不起那幅拼圖。

不過，不可能人人都像我一樣腦筋不靈活。

「原來如此原來如此。」

依諾萊愉快地彎起嘴角。

她緩緩傾斜酒杯，喝著新倒的威士忌。

和老師一樣——和老師大不相同的真正君主好像已了解大致情由般，浮現帶著酒味的微笑。

「難怪分屍分得特別碎。唉～如果立場相反，我也會這麼做。」

「多半是那麼一回事。」

老師有禮地頷首，如此續道：

「真正的黃金公主早在社交聚會前死亡多時，那些屍塊只是將保存的屍體在初次露面聚會後灑在房間裡罷了。」

「你、你胡說什麼！」

拜隆卿大喊，老師冰冷至極地回答：

「事到如今也不必隱瞞了吧，拜隆卿。基本上，在葛列斯塔介入的階段就瞞不住了。即使不採用科學鑑識，由鐘塔的專業魔術師檢視，至少會揭開死亡時間不符這一點。」

「……你、你又不能當場證明。」

啞口無言的拜隆卿仍然不肯鬆口。

「既然不能，我拒絕你繼續用無聊的妄想詆毀我等的名譽。」

「那麼，可以請妳作證嗎？」

老師說完後回過頭。

他指向在場眾魔術師中的一人。當中最顯眼──叼著香菸，擁有黯淡紅髮的女子。

「哎呀呀。要我作證？怎麼回事呢？」

橙子覺得很有趣地上前一步。

大理石地板發出清脆的聲響，老師小心地扶起腳邊的屍體。

「麻煩妳看看她。」

「呼嗯，照你剛才所言，意思是她是出席初次露面聚會的黃金公主吧？」

橙子確認似的詢問。

老師微微點頭後回答。

「沒錯，那場初次露面聚會上的黃金公主正是她，由妳動過整形手術的女僕卡莉娜，蒼崎橙子。」

寂靜的沉默降臨。

說不定是未能衡量出這句話的意思。

整形。我們理智上明白，無論黃金公主或白銀公主都是歷經數世代，接受切碎身心般的施術才獲得了如此強烈的美。然而，將那個過程替換成整形這個詞彙時，我們感受到難以形容的衝擊。

「哎呀。」

橙子極為愉快地微笑。

「我為黃金公主動了整形手術？雖然光榮又遺憾，我毫無這種記憶。我的記性的確比較差，但這下子得懷疑自己是否得了失智症嗎？」

她以食指指尖敲敲自己的太陽穴。

老師後退半步，空出卡莉娜屍體前方的位置。

「請妳先查看她。」

「那我就不客氣了。」

橙子蹲下來，開始調查屍體的臉頰輪廓和耳朵後方。

「……對。雖然是最低限度，她臉上的確有動過手術的痕跡。若是用魔術整形，依術式而定只會有間接的手術痕跡。只要準備治療用魔術，連以線縫合傷口都不需要，在正常生活中也看不出來。」

她不需要老師使用的工具。橙子的動作像研磨望遠鏡等光學零件，連一微米的誤差都能看穿的專家一樣，只以纖細的手指描摹過屍體的幾個部位。

相隔一會兒之後，她斷言道：

「啊～我為這些麻煩道歉，這毫無疑問是我做的。」

那句發言讓所有人一陣騷然。

橙子的表情逐漸變得沉重並開口：

「可是，我為什麼會忘掉那麼重要的事？」

「不是忘掉吧。」

老師立刻回答。

「純粹是不記得。」

「……哦？」

橙子皺起眉頭。她看來並非不懂老師的意思，而是猜想到了。

接著，老師轉頭望向另一個人物。

「邁歐先生。」

這次他呼喚藥師。

「是、是、是的。」

「聽說你一開始在和萊涅絲她們相遇的會場上，用過醉酒藥吧。」

那是黃金公主、白銀公主的初次露面聚會。

當時，由於貴族主義和民主主義的魔術師之間的氣氛劍拔弩張，爛醉狀態的邁歐介入局面，強行讓他們散開。其實那種爛醉狀態是使用醉酒藥造成的，我們也確認過邁歐接著服用醒酒藥，馬上恢復平靜的情況。

「……是、是的。」

邁歐承認道，老師接著對他揮下語言之刃。

「……既然如此，你應該調配得出不讓人留下記憶的藥，不是嗎？」

「…………唔！」

就算不是魔術師，應該也有過飲酒過量沒有記憶的經驗。人類在認知到什麼事情時，會從保存剛體驗過經歷的短期記憶，逐步轉移至保存約半天到一個月的中期記憶，但酒精類會導致轉化記憶的神經傳導物質作用變得遲鈍，阻礙記憶固定於大腦內。因為記憶系統絕非僅屬於科學，在魔術中也有重大意義。老師在現代魔術科的課堂上談過這些內容。

老師剛才說的，是人為引發那種情形的術式。

如果是他，或許不只阻礙短期記憶轉移至中期記憶的藥物，連阻礙中期記憶轉移至長期記憶的藥物也調配得出來。範圍還能特定出不想讓人記憶的領域、某些關鍵字等等。

橙子深感興趣地抬起頭。

「呼嗯，你說我不自覺地喝下阻礙記憶的藥？」

「不，我不認為妳會那麼大意。可是，如果服用那類藥物本來就包含在委託條件裡，妳會看情況接受不是嗎？」

「原來如此。這得依委託的有趣程度決定。」

女魔術師肯定老師的問題。

依有趣程度決定。

如果有趣得足以吸引鐘塔實質最高位的冠位魔術師。

然後，老師再往下說：

「為什麼要委託她整形？」

他豎起食指。

「為什麼阻礙蒼崎橙子的記憶？」

他豎起中指。

他掂著豎起的兩隻手指，彷彿忍受著極不合理的情況般皺眉開口：

「這並非什麼複雜的事——因為不能讓黃金公主死亡的消息外傳。為了這個目的，不管支付多少報酬都會期望她重生——比方說，哪怕是以製作贗品的方法。」

拜隆卿已不再辯駁。

亞托拉姆和米克這些老練的魔術師也只專心地聽老師說。

老師從放在西裝口袋中的雪茄盒裡，取出抽到一半時收起的雪茄。他用火柴的火焰緩緩炙烤，雪茄朦朧地亮起紅光。

「至於使用的是什麼術式，也幾乎很清楚了。」

他叼著的雪茄隨著煙霧燃燒。老師看著逐漸碳化的雪茄前端，悄然低語：

「多半是這個吧。」

「哈！」

橙子突然笑出聲。

如同在說老師的話語好笑得不得了一樣，這名女子甚至抱著肚子，愉快地放聲大笑。

「哈哈、哈哈哈！哈哈哈哈哈哈哈！這樣嗎，是灰姑娘嗎！原來如此，事情原來那麼單純嗎？」

「沒錯，明白以後事情很單純。」

老師點點頭。

我完全不懂。

只是，灰姑娘應該是指仙杜瑞拉。老師先前低喃說過的什麼佩羅和巴西耳，不是那個故事的作者名字嗎？仙杜瑞拉的故事有好幾種版本，不過特別著名的版本是由格林兄弟、查爾斯．佩羅及義大利的巴西耳所撰寫的。

不。

（……灰？）

我不是在哪裡聽過那個詞彙嗎？

「拜隆．巴爾耶雷塔．伊澤盧瑪、亞托拉姆．葛列斯塔。」

老師拋出話題。

他對還不明白橙子發笑的意義，一臉疑惑的兩人如此攀談。

「方才我也提到過，但再問一次吧。關於你們在拍賣會競標過的咒體，能讓我再詳加說明嗎？」

「隨你高興。」

「……若有必要的話。」

拜隆卿泰然地回答，亞托拉姆則不屑地回應。

收到回覆之後，老師說：

「你們爭奪的咒體，是菩提樹之葉。」

菩提樹在歐洲是著名的神聖象徵，與聖母瑪利亞信仰及許多聖人相連結。作為城鎮中心的教會與法院也經常栽種菩提樹，因為本身具有藥效，也是魔術師和煉金術師之間一直以來暗中使用的植物。

「只是，這是與某位英靈相關，沾過龍血的菩提樹葉。」

「……………唔！」

所有人都僵住身子。

因為每個人的腦海中都浮現那個傳說——即使並非魔術師，也無人不知那位北歐大英雄的功勳。以寶劍巴魯姆克打倒邪龍法夫納，成為任何武器與爪牙都無法損傷的不死之身的騎士。

名叫齊格菲。

在優美的《尼伯龍根之歌》登場，英雄中的英雄。據說他渾身沾滿龍血時，背部貼著一片菩提樹葉，形成減損其不死性質的唯一要害。老師剛才提及的咒體正是那個傳說的祕寶。

「……等等。」

亞托拉姆突然站起來。

他的聲音透出一絲躊躇，好像終於從老師所說的事情走向察覺隱藏的事實。

「什麼事？談論咒體果然會有問題嗎？」

「不。你剛才是不是說到灰姑娘？難道說，那是……」

「……沒錯。再怎麼說也沾過龍血，菩提樹葉應該也無法用尋常方法損壞。有一位魔術師刻意用不尋常的方法燃燒樹葉，將菩提樹葉化為一次性使用的灰燼。」

這次的沉默性質截然不同。

舉例來說，這也許接近於打碎珍貴寶物的暴行。絕非不清楚祕寶的價值——反倒在專家之中也有特別權威的人物，主動率先燒燬堪稱世界寶物的物品的畫面。

亞托拉姆幾乎快窒息似的注視著橙子。

不光是他。

喀啷——堅硬的聲響在房間內迴盪。

那是拜隆卿茫然地瞪大雙眼，拐杖脫手掉落的聲響。

「怎、麼可能……蒼崎小姐。就算是妳，那種事情……」

如果亞托拉姆的表情像是窒息，他則是露出懇求般的神情。如果看到奉獻一生的藝術在眼前被砸碎，說不定就會露出這種表情。

「不，我會這麼做。」

相對的，橙子坦然地說。

「這樣啊，用沾過龍血的菩提樹葉施行灰姑娘（仙杜瑞拉）的術式嗎？契合度不是好極了？比起一個人類變得長生不死，齊格菲的傳說更著重於轉生為不死英雄這一面。至於灰姑娘更是如此。化妝與打扮本來就無疑是魔術。在從裝扮更進一步到整形手術的階段中，曾承擔過轉生成英雄一事的菩提樹葉是太過完美的咒體。我真想切碎腦袋，找出自己為什麼不記得這

件事。」

她說到此處，似乎又湧上一股笑意，摀住嘴巴顫著肩膀。

在場的魔術師們——連萊涅絲和那個費拉特都陷入茫然。就連作為魔術師的存在方式有些超乎常規的他們，也覺得橙子的行動太過破天荒。即使是和正規魔術師相比堪稱外行人的我，也無法免於衝擊。就像從出生以來就交給我的匣子，因為我們一直被教導，受到過去束縛、盲從於過去是理所當然的。

老師一如往常地任雪茄煙霧飄盪。

因為他預料到答案了嗎？

或者，還有不同的理由？

「為……什麼……」

最後，拜隆卿大聲地吞嚥口水，轉頭望向橙子。

「為什麼！蒼崎小姐。因為妳要求用此物當作報酬，我才去拿來的！為什麼要用在我的委託上！這樣實在太奇怪了！」

「喔，是這樣嗎？真謝謝你提供了貴重寶物。」

面對他殷切的陳訴，橙子只是悠哉地聳聳肩。

「雖然我忘記了，但如果君主的推測正確，我很清楚當時的我有何想法。我接到一樁有趣的委託，不過以雇主準備的資金和材料來製作，成果的水準顯然會下滑。所以我用自己的報酬做出令自己滿意的作品——你想，非常合理吧？」

「開——沒人要求妳做得那麼精湛！我一開始就說只要能應付那一晚就夠了……！」

「哎呀，這方面你就認了吧。你想想，因為我就是那種性格。」

蒼崎橙子打從心底露出燦爛如花的笑容，向拜隆卿道歉。

「…………」

除了苦笑的巴爾耶雷塔閣下，幾乎所有人都啞口無言。

作為魔術師，她所說的話絕對沒有錯。

不可能有魔術師能夠否定她試圖觸及魔術深淵更深處的意志。可是，有多少人會因為行動無誤，就做出這般暴行？至少對站在這個房間內的幾名魔術師而言，她看來無疑是個無法理解的怪物。

接著，在場另一名沒受到衝擊的魔術師補上一句話。

「這樣一來，方才談論的比擬就成立了。」

老師補充道。

他方才說過，將金星比擬成太陽。

不過，這並非單純的語言遊戲。是憑藉消耗如此貴重的咒體，冠位魔術師主動施術的大儀式而成立的比擬。

「若是讓黃金公主變美的術式，天體的時期並不相符。不過若是將其他女子改造成黃金公主的術式——將金星比擬成太陽的話，魔術則會成立。如果運用太陽和月亮，位置必須是兩者相對的衝現象（Opposition），同時掌管造形的土星位置也必須呈現一百二十度。然而，將金星比擬成太陽的情況另當別論。雖說是比擬，金星是行星這點依然不變。這代表只要月亮、金星與土星分別在呈一百二十度的位置上即可。」

當老師一揮手指與雪茄，萊涅絲的手動了動，浮在半空中的天體圖隨之旋轉。

幾顆星球的位置與先前所見的天宮圖有所變動。

啊啊……看到那幅天宮圖，幾名魔術師喊道。

一百二十度。因為月亮、金星和土星準確地落在老師說過的地方。

「實際的時期應該是大約一個月前，和伊澤盧瑪得到咒體的拍賣會舉辦時期一致。」

老師冷靜又嚴肅地說。

順序應該相反。正因為在那個時期，接到委託的橙子才會要求菩提樹葉這個咒體。對魔術師們來說，在半空中閃爍的天宮圖是證實老師發言的最大證據。

「喂喂，那個黃金公主真的是那邊的女僕嗎……」

米克發出呻吟，盯著躺在大廳地板上的卡莉娜。

然後，他朝老師拋出新的疑問。

「那初次露面聚會時卡莉娜在場，要怎麼解釋？還有發現黃金公主屍體時也——」

「初次露面聚會時，大廳不僅離陽台有段距離，還只介紹了黃金公主與白銀公主吧。

艾梅洛閣下II世設想的天體配置

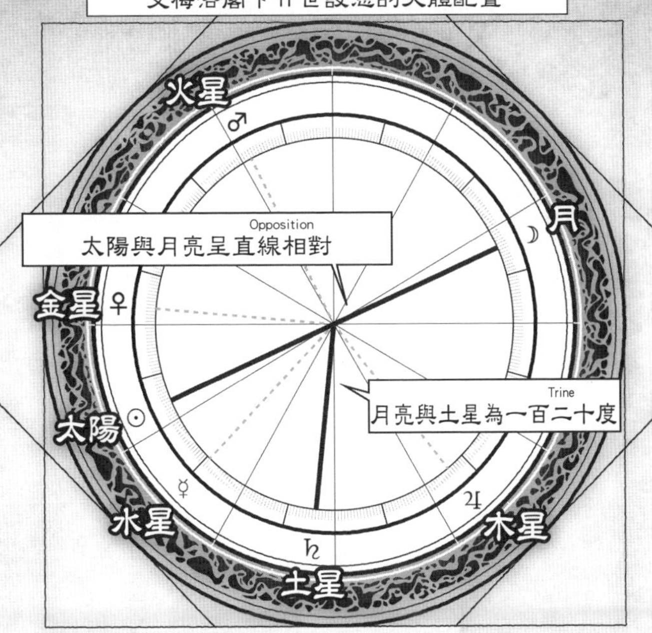

實際使用術式時的天體配置

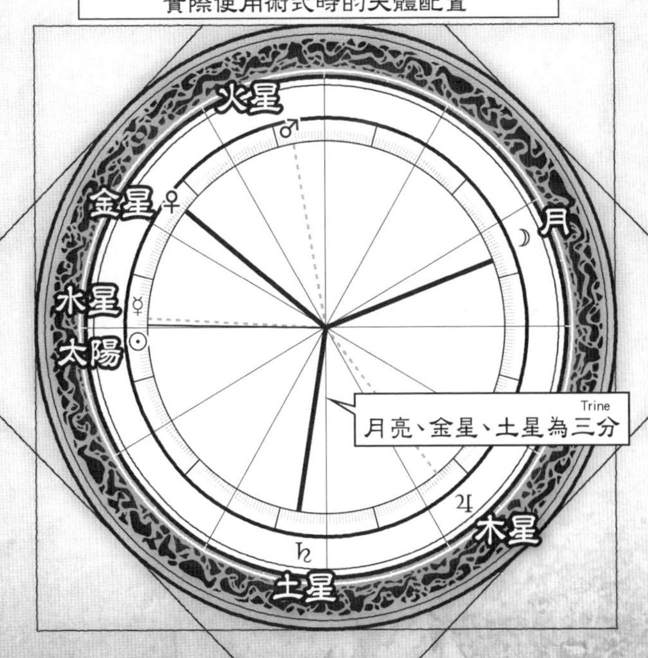

用人工生命體（Homunculus）或機關人偶替代就行了。乾脆不用魔術，只是讓體格相近的僕人穿著相同的衣服也不會有大問題。因為初次露面聚會上如果只有一方有女僕陪伴會引人起疑，拜隆卿應該也會不遺餘力地掩飾。」

「…………」

我回想起和萊涅絲一同抵達這座塔時的事情。

當時的馬車車伕在抵達目的地的同時融化了。儘管不知道那是人工生命體還是其他魔術的產物，扮演站在遠處的女僕應該易如反掌。

「至於發現黃金公主屍體時更加簡單。這個術式本來即使有效也不持久，畢竟是灰姑娘。」

按照故事情節，施加在灰姑娘身上的魔術一夜就解開了。

魔術在十二點解開，只留下一只玻璃鞋——雖然細節依作者與地區有所差異，但大致上的流程不變。

「佩羅也好、巴西耳也好、格林兄弟也好，結果都一樣。施加在主角身上的魔術會在宴會結束後解開。在灑落真正黃金公主的屍體，鎖上那個房間的魔術鎖後，蒼崎橙子的術式多半也解除了。對了，不管是冠位魔術師的整形手術徹底到連魔力波長都一致，還是房間的鎖被替換成卡莉娜專用的都無所謂吧。」

「魔術……解除……」

我回想起某個事實。

在初次露面聚會上，只是一瞬間目睹黃金公主的美貌，就令人忘了呼吸與一切。可是之後她來房間時，我和萊涅絲覺得她美得驚人，卻還能正常地應對。原以為是第二次見面，我和她都適應了那種美，但如果真相截然不同呢？

如果是變成黃金公主的女僕——卡莉娜身上施加的魔術已經快要解開的緣故呢？

不，不只如此。

那時候，卡莉娜應該隨侍在黃金公主身旁。

這樣的話，那並非卡莉娜，而是雙胞胎女僕雷吉娜她——

（……為什麼？）

為什麼我們錯過了許多線索？

不必等老師出現，我們明明有更多事能做。萊涅絲或許也有同樣的念頭，用力咬住形狀漂亮的嘴唇。

「……方便插個話嗎？」

有人在拚命搖頭的拜隆卿身旁舉起裝著威士忌的酒杯。

是依諾萊。

「既然說是整形，目的終究是模仿原本的黃金公主吧？不過，我的笨弟子整形的冒牌黃金公主達到了超越正牌黃金公主的領域。那是為什麼？是笨弟子的實力？使用的咒體之故？」

「蒼崎橙子與咒體都有影響吧。」

老師認同她一部分的發言。

「不過，有更重要的原因。妳應該非常清楚美在魔術上的效用，看到美麗事物的人會變美。」

我也聽萊涅絲談論過那件事。

美術是一種共鳴咒術，透過鑑賞美術使觀測者的靈魂與靈性有受到淨化的感覺，正是美的真面目。如果有究極之美存在，或許會將觀測者本身提升到高次元。

「這是魔術上的美的一部分。黃金公主與白銀公主是設計成彼此互補、互相提升的美吧。又稱互補性的美——可是，黃金公主本身看不見自己的臉，白銀公主也一樣。即使映照在鏡中，在那個階段就會損及她們的美。」

老師的話語和雪茄煙霧一樣緩緩地飄散在大廳。

「……所以，要使用這個術式的話，從一定階段起需要第三個人。」

「什……！」

拜隆卿發出呻吟，腳步踉蹌地後退。

對了，黃金公主曾經說過。

──「可是，父親的做法照現狀來說效率低下──不，是父親的做法過了有效率的階段。」

如果那句話不是權宜之計，而是訴說事實──如果伊澤盧瑪的魔術本身有缺陷，是停滯的理由，老師能看穿到這種地步也是當然的。

（……因為，那是老師的……）

看穿他人的術式、指出其理想狀態的本領，正是令艾梅洛閣下II世成為鐘塔最優秀講師的能力。

「……哼哼。」

史賓得意洋洋地哼了一聲。

我彷彿聽見他驕傲地說「怎麼樣，這就是我的老師」。

「當然，決定為卡莉娜整形之際，拜隆卿應該沒有那樣的意圖。他只是對失去黃金公主感到焦慮，竭力地想彌補那個空缺罷了。」

相對的，老師不悅的表情毫無改變，彷彿必須不斷說出這種話本身即令他痛苦不堪。

「儘管如此，術式隨著第三個人的到來成立了。本來一直看著黃金公主與白銀公主的人──女僕卡莉娜得到同樣的美，使術式達到更高的階段。」

三位一體。

此為基督教中，代表聖父、聖子、聖靈為一體的概念，但同時也不止於此。因為在平面上需要連結超過三個點，才會構成形狀。

若象徵具有兩面，會形成一對保持穩定。

若具有三面則會彼此影響，讓某種能量循環。

應該以黃金公主與白銀公主形成一對，保持穩定的術式，在足以跟兩人媲美——又因為一直觀看兩人內在，漸漸出現變化的卡莉娜加入，被迫發生決定性的變化。

或者，失去原本的黃金公主說不定也促進了這一點。

缺少原本穩定的術式，隨著傾斜，產生龐大的能量。和位能一樣，這種傾斜也對魔術帶來影響，賦予變成黃金公主的卡莉娜超越原本黃金公主的絕對的■。

那是甚至壓倒身為冠位的蒼崎橙子的——

「——等一下，老師。」

史賓舉起手。

態度就像此處是鐘塔的教室一般意氣昂揚。

「若依照老師所說，白銀公主不是也會隨著新黃金公主的誕生，達到究極之美嗎？」

「那一點很簡單。」

老師轉移視線。

他對白銀公主發問。

「……艾絲特拉小姐不是看不見嗎？」

「……為什麼？」

白銀公主的聲音低沉地在地面爬行。

「據說黃金公主聽不見。這多半是藉由封閉一種感覺，磨練魔術的常見模式吧。伊澤盧瑪的術式已完成到將封閉五感之一，烙印在遺傳特性上的地步。連蒼崎橙子的整形手術都仿照這方面，剝除了卡莉娜小姐的耳膜。對了，黃金公主的房間內沒有鏡子，也是為了配合妳的房間吧。妳們在進食與睡眠等生活層級都被安排為成對，有沒有鏡子在魔術意義上也過於重大。若要配合其中一方，無比起有輕鬆得多。」

他拿開雪茄。

我聽見老師咬牙切齒的聲響。魔術陷入僵局——令人窒息的存在方式，對魔術師而言是理所當然。再怎麼喘不過氣，他們也沒有別處能生存，所以不可能後悔。

縱然如此，對這位老師而言一定無法忍受吧。

身為只有十二人的君主的同時，他也許直到現在都還沒接受這種生存方式。

「當然，她們應該以魔術避免在日常生活中產生不便。例如運用類似蝙蝠聲學量測的魔術等等，有很多方法可用……可是，根本上肯定看不見，她並未進入和黃金公主一樣的美的循環。」

白銀公主無法看見整形成黃金公主的卡莉娜。

既然無法看見，魔術的循環也無法傳遞給她。

「只是……我不認為動手術的蒼崎小姐沒料到這個結果。」

「呼嗯。雖然不記得，但我大概想像過了。」

被老師點名的橙子輕輕瞇起眼睛。

「——順帶一提，委託我排除艾梅洛教室的是在那邊的雷吉娜。」

她指向雷吉娜。

女僕一點也不驚慌。

大概是在老師逐步展開推理的階段就做好了覺悟，她的雙手依舊交疊在圍裙前，毅然地面向前方。

「她提出的報酬是告訴我黃金公主美貌的真相。哎呀，原來如此，是這麼一回事嗎？嗯，妳沒有說謊。妳能夠告訴我，妳只是沒說出其真面目是由我經手打造的罷了。不過既然如此，我也沒道理隱瞞委託人的身分。」

橙子一派理所當然地頷首。

所有人的目光現在匯集在雷吉娜身上。

「那麼，妳是——」

萊涅絲說：

「妳是將殺害黃金公主的罪名栽贓給我的凶手嗎？」

3

「…………」

面對萊涅絲的問題，女僕沒有試圖做任何反駁。

站在她身旁的白銀公主同樣保持沉默。拜隆卿不知道是沒料到這個狀況，還是為方才咒體的事耗盡力氣，只是動了動長著皺紋的眼睛。

「怎麼了？」

萊涅絲再度詢問。

「和黃金公主一起造訪我房間的卡莉娜，應該也是妳假扮的。無論要反駁還是將錯就錯，至少試著說句話如何？對了，乾脆由妳的主人來說也無妨。」

女僕還是沒開口。

她態度凝重，即使受到萊涅絲戲弄，表情也沒有變化。

哼，亞托拉姆皺起眉頭。

「聰明的艾梅洛閣下II世應該連這部分也推測到了？」

「你是說，一切都應該由我來說？」

「那是當然，是你誇下海口說案件交給你來處理。既然如此，追根究柢地把案件內情從血管到內臟統統翻出來不是偵探的義務嗎？」

或許是看上的咒體已經消失一事讓他深感屈辱，亞托拉姆．葛列斯塔抓準時機，言詞變得犀利。

那番挖苦的台詞使老師皺起眉。

如同闡明案件是對自身的懲罰一樣，他只是抽著雪茄。老師帶著香味濃烈的煙霧緩緩開口：

「……真正的黃金公主應該是死於研究的副作用。伊澤盧瑪的術式陷入僵局，已經侵蝕了實驗對象的遺傳特性。如果再過度消耗，在過程中致死可說是某種必然。」

如同黃金公主所說，伊澤盧瑪的術式已經出現問題。

就算出問題的結果是死亡，事到如今有什麼好驚訝的？

「可是，拜隆卿並未就此罷休。至少直到那場初次露面聚會為止沒有。曾經是黃金公主的蒂雅德拉死去，但他邀來蒼崎橙子，整形成黃金公主的卡莉娜得到超乎想像的成功。這個結果或許讓白銀公主和服侍她的卡莉娜堅定了某個決心。」

「意思是……因為白銀公主……遲早也會死……？」

織工伊斯洛結結巴巴地問。

對此，老師緩緩搖頭。

「不。比起那個，還有更迫切的問題。在那場初次露面聚會上，許多魔術師應該都想過——若是她們，說不定能到達根源。要是魔術協會聽說了那種可能性呢？」

「啊……」

我不禁喊出聲。

因為我在最近才聽過類似的話題。

橙子輕露出苦笑後開口：

「……封印指定嗎？」

她低語。

被認定為過去與未來都不會出現，僅限一代的魔術師的下場。

受指定的對象會活生生地遭到保存。這是作為魔術師最高等級的榮譽。正因為如此，拜隆卿不可能苦惱，正因為如此，艾絲特拉不可能拒絕得了。

「因為嚴格來說，黃金公主與白銀公主不是魔術師，或許不會受到封印指定。這本是伊澤盧瑪的研究，並非僅限於一代。然而，鐘塔不可能放過展現到達根源可能性的人物，唯獨這一點肯定沒錯。」

「——所以，在逃離之前需要讓黃金公主的屍體曝光。呼嗯，這麼說的話，白銀公主和女僕原本是打算在屍體曝光後逃出去吧？」

橙子點點頭。

是因為必須告知鐘塔那種可能性已毀了吧。

在初次露面聚會的評價散播開來，鐘塔出面驗證前，她們必須揭開伊澤盧瑪的研究受挫一事。

「栽贓給萊涅絲的理由多半也相同。只要將其他派閥——可以的話，從對立的貴族主義派閥中盡量挑知名的魔術師，將其拖下水，事情就無法只由伊澤盧瑪與巴爾耶雷塔處理收場。在這一點上，萊涅絲是無可挑剔的人選。」

「……因為拜某人所賜，我在鐘塔有些知名度。」

萊涅絲投以諷刺的目光。她的眼神中充滿對老師的挖苦，但我覺得和亞托拉姆的挖苦性質差異很大。

之後，她回應老師。

「總之，黃金公主想逃亡並非全是謊言。」

「她多半認真考慮過。只是對萊涅絲並未信任到足以下賭注的程度。」

那當然。

依靠沒談過幾句話的魔術師根本是瘋了。萊涅絲本人在她提及逃亡一事時，不也懷疑過嗎？既然無法期待魔術師的倫理和常識，那應該是就算考慮過，也絕不會走的一步棋。

結果，她無法拋下這個想法，轉換成迂迴的暴露。

萊涅絲和我是引導眾人發現黃金公主屍體的誘餌。

「基本上，拜隆卿從看見黃金公主的屍體時，應該就知道這是真正的黃金公主。畢竟將真正的黃金公主解剖成碎塊的人正是你。對了，解剖的理由不必特別強調吧？身為魔術師，為了往後的進展，從檢體上取得各種資料是當然的事。」

「…………」

拜隆卿沉重地保持沉默。

事到如今，周遭的魔術師們也無意責怪這一點。他們無疑也是徹底沉浸於作為魔術師的倫理和常識中的人類。

「在此一前提上，拜隆卿也不曉得犯人是誰吧。在那個階段，有各種可能性。巴爾耶雷塔派內應該也有互扯後腿的情況。至少從他的觀點來看，幾乎每個人都可能有動機。」

派閥鬥爭。

連在派閥內都相鬥的魔術師們。

老師和萊涅絲從以前一直在對抗的世界。

「可是，第二個案件的性質不同。」

他的語氣忽然一變。

「……老師？」

「第一個案件到頭來是為了暴露黃金公主之死設計的騙局。白銀公主她們本來必須趁著混亂逃走。卡莉娜的死完全沒必要。」

「……那是怎麼回事？」

「命案確實發生了。一件是拜隆卿造成真正的黃金公主過失致死。至於另一件，殺害卡莉娜的人——」

他說到此處打住。

現場靜寂得連吞嚥口水的聲音都很響亮。

雷吉娜和白銀公主終於露出一絲動搖。

「——是你。」

老師的手指動了。

他所指之處只有一個人。

中立主義派的傳承科（布里希桑）——臉色蒼白的年輕人。

藥師邁歐·布里希桑·克萊涅爾斯瞪大雙眼。

4

在大廳中央，邁歐只茫然地搖頭。

他癱坐在地板上，試圖遠離老師，同時搖著頭。

「怎、麼會……是、是我……」

「要我再說得詳細一點嗎？」

老師冷冷地問。

他的聲音聽來果然有些自責的意味。

「費拉特。」

「是～！」

天真無邪的少年迫不及待地直舉起手，拿出一套服裝和皮包。

「如同教授所說，東西藏在那座噴泉附近！」

那是黃金公主的服裝和旅行包。

看到那兩樣東西，我也隱約理解了。魔術解除後，卡莉娜在那座噴泉更衣。還有，她為了逃離拜隆卿所做的準備應該也藏在噴泉附近。

「齊格菲的幾個傳說也提到，泉水是他沖洗龍血及迎接死亡的地點。一方面也有這種魔術上的意義……沒錯，這並不困難。我認為十之八九是如此，不過真的是在剛剛才確信你是凶手。」

老師說過，是誰做的沒有意義。

老師說過，犯罪手法是什麼果然也沒有意義。

在涉及魔術師的案件中，這兩者都能輕易隱藏。想施展什麼詭計都自由自在，不管穿牆或密室都隨意而為，凶器靠一句詛咒就解決了。

可是，唯獨動機為何可能是個小小的例外。

「雷吉娜和白銀公主會包庇的人，頂多只有你和伊斯洛先生吧。」

老師靜靜地呢喃。

那句話令白銀公主和雷吉娜第一次動搖。

「不是伊斯洛先生的原因在於托利姆瑪鎢。若是冠位的蒼崎橙子與巴爾耶雷塔閣下，或許也能讓托利姆瑪鎢停止運作，說不定亞托拉姆．葛列斯塔也辦得到。」

「……『說不定』是多餘的。」

亞托拉姆咂舌。

不過從他並未進一步發言來看，他本人應該也對是否能干涉在眼前化為水銀女僕與天宮圖的魔術禮裝缺乏自信。

「可是，你們的能力太過專精於織工及藥師方面。姑且不提擊退托利姆瑪鎢，要讓她停止運作，需要看穿內部的魔術式組成。對了，我的弟子費拉特擅長這類魔術，但這比預料中來得困難，至少不是我做得到的魔術。至於你，儘管是巧合，你在社交聚會上對托利姆瑪鎢所做的詳細調查奏效了。雖然以這種意義來說，是我的義妹在那場社交聚會上有破綻。」

「……我在敵方地盤上很緊張。別深究嘛，兄長。」

老師無視萊涅絲的抗辯續道：

「而且，在托利姆瑪鎢手上沾血也做得太過火了，沒必要做到那種程度。依照萊涅絲的立場，反正在這座塔中都會被逼入困境。由於這個緣故，讓我有了餘地思考黃金公主案與卡莉娜案的凶手或許是不同人的想法。」

「……那麼，真的是……」

伊斯洛發出呻吟並回頭。

他看著童年玩伴的眼神，彷彿在看披上玩伴外皮的怪物。

這次藥師並未否認。

他依然癱坐著，卻笑了起來。顫抖倏然而止，他的嘴唇像新月般咧開，寂靜地笑著。

「……因為……」

邁歐總算編織出話語。

「因為……為什麼不可以？」

那個聲音極為空虛地在大廳內迴盪。

我連懷疑自己聽錯都做不到。因為邁歐的眼中充滿比得到神祇啟示的信徒更強烈的篤信，極為純粹地訴說著。

不，不對。

實際上，我也接受了那句話。

「我、我從很久以前……就認識她、了。明明我們認識很久，明明我才是最了解她的人，我卻不知道那樣的她！」

他口中的她是指哪一個呢？

原本的黃金公主蒂雅德拉？

隨侍黃金公主的女僕卡莉娜？

還是……

「……所、所以，我想至少收集一點她……她死前的痕跡。」

那大概是在萊涅絲發覺，並和托利姆瑪鎢一起追蹤腳印之前。

邁歐應該和我們一樣，也試圖查出殺害黃金公主的凶手。或者他沒有尋找凶手的意志，只是如此刻所說，想收集一點她死前的餘香。凡是能夠「強化」感覺的魔術師，要像托利姆瑪鎢一樣追蹤腳印應該不怎麼困難。

而當他在噴泉遇見卡莉娜時，她多半做好了逃離拜隆卿身邊的準備。

「我質問、她後，很……很吃驚。因為卡莉娜說……說她是黃金公主。雖、雖然無法立刻相信，你……你們明白……我當時的喜悅嗎？因為、因為！即、即使蒂雅德拉死了，黃金公主……也沒死！那種美……一點也沒、受損！」

邁歐大喊。

他毫不在意口吃，一心一意地喊出內心的想法。他迷上灰姑娘術式所帶來的奇蹟，是布道那偉大福音的傳教士。

「然、然而，她說要逃走。要、要從拜隆卿手中逃走，帶著白銀公主和雷吉娜逃出這座雙貌塔。她說，所以邁、邁歐你也來幫忙。」

對她而言，邁歐應該是可靠的青梅竹馬。

正因為覺得即使事實洩漏，若是他會願意幫忙，所以她才會說出祕密吧。可是，她和邁歐的想法未必一致。不，倒不如說指向完全相反——

「我怎麼……怎麼可能容、容許這種事發生！她即使死了，也應該恢復……那種美！

就、就算殺了她，我也必須……留下她！白銀公主的……研究也應該繼續！因為，我、我們已經看見那個終、點……了。因為嚐過……果實，應該更往前、邁進！身為魔術師的、的話，必須……那麼做！」

……對，正是如此。

他所說的話毫無錯誤。

一個人的性命和自由，在那樣的■之前不是等同於塵埃嗎？只要能重現那個，哪怕是數十數百條性命，不也應該反過來歡喜地奉獻嗎？

所以，我也應該成為那位英雄。應該接受改變的自己，取悅故鄉民眾。不，現在開始也不晚，亞德還和我同在。

「──喂、喂！喂，振作點，格蕾！」

從右手附近傳來的匣子呼喚聲極為遙遠。

為什麼需要猶豫？我應該牽起他的手。必須自白做錯的人是我。此刻正是我必須跪地懺悔的時刻。

可是，穿著黑西裝的背影從旁介入。

「……你沒有錯。」

老師簡潔地說。

「你所說的話，以魔術師而言毫無錯誤。」

「……艾梅洛閣下II世。」

依諾萊輕聲低喃。

我看見她布滿皺紋的手滑進懷中。

老師不在乎地續道：

「你不惜將青梅竹馬當成活祭品也要達成願望，作為魔術師是當然的行為。」

邁歐的眼眸在大廳的陰影裡搖曳。

宛如迷路的孩子看到有人指出救濟之路，他的笑容中有著天真無邪的殘酷。

「既、既、既然這樣……」

「不過——既然這樣，你為何不求她赴死？」

老師直接言辭犀利地指出。

周圍的魔術師們也都瞪大雙眼，彷彿在說這名男子在說什麼啊。

「你說、什麼——」

「在不惜殺死青梅竹馬也要留下她之前，你為何不開口求她為了你赴死？為何不懇求她，說為了成全我想再度親眼目睹究極之美的任性，讓我盡情解剖妳吧？既然你說那是無法實現的夢想，為何不開朗自豪地請求白銀公主和雷吉娜都來當活祭品？」

老師的話讓邁歐好像隨時都會口吐白沫，嘴巴不斷開開闔闔。

「——哪、哪、哪有那麼胡鬧的……」

「你說哪有那麼胡鬧的提議？不過才這種程度嗎？」

老師清醒無比地痛罵。

那股切的言語，甚至喚醒了我朦朧模糊的意識。

不知為何，有股鐵味。

他穿在高大身軀上的漆黑西裝，此刻宛如堅固的鎧甲，飄盪的稀薄雪茄煙霧宛如白銀長槍。我覺得老師彷彿正從已經被遺忘的遙遠國度發問。

「不是只出於個人慾望，在既無神意也無大義支持下，意圖踏平世界各國；不是為了想親眼看到盡頭之海的一個妄想，徹底剝奪許多軍神與大君的榮譽與驕傲，還想叫他們與自己並駕齊驅。不過才這種程度的妄想都無法讓人相信，你還想實現自己的夢想？」

「…………」

老師的聲調中帶著某種在此處仍舊堅定不移的事物。

宛如真的看過世界盡頭的聲調。即使那並非現實，是某天某人看過的印象風景，誰也無法嘲笑牢牢紮根的夢想。

「無論是不是魔術師，對人來說自我是絕對的。無論是什麼樣的善行或惡行，我們不可能知道是否真的拯救或傷害了他人。不過，管他是錯認也好誤解也好，既然你說是自己走上的生存方式，那就抬頭挺胸。既然要為自己而戰，至少嘗試用自以為是感染他人——沒錯，從一開始在陷入這種可笑的緝凶行動之前，你應該堂堂正正地挺起胸膛宣言，是我殺了卡莉娜以免她逃走。」

老師說，因為沒這麼做，所以你輸了。

老師說，因為無法這麼做，所以你才會卑躬屈膝。

我對話中的含意深有所感。老師絕不認為在陽光所及之處的倫理才是美好的。常人有常人的，魔術師（怪物）有魔術師（怪物）的倫理與常識，兩者都存在他的心中。

這說不定是理所當然。魔術是歷史，是思想本身。能即刻解體許多魔術的老師，亦即比任何人都精通魔術師的思想體系。

正因為如此，他是君主。

無關於魔術才能和血統，鐘塔最偉大的十二王者之一。

老師對茫然仰望的邁歐說：

「——你的作為純粹是卑鄙罷了。」

制裁已下。

我彷彿聽見斷頭台刀片落下的聲響。

在再度被寂靜包圍的月之塔大廳裡，老師索然無味地抽著雪茄，將視線緩緩地投向旁邊。

「妳們為什麼包庇他？」

「…………」

白銀公主的表情還是藏在面紗下，看不清楚。

即使如此，她這次終於開口說：

「……其實，如果邁歐沒殺死卡莉娜，我們應該在那一夜和卡莉娜會合逃走。」

「明明如此，為什麼？」

「你應該知道吧？你只知道理由——雷吉娜？」

「是。」

雷吉娜接著悅耳的聲音開口：

「作為雙胞胎，我能在一定程度上傳達情緒和想法。」

雷吉娜說道。這種情形在魔術師中很常見。就連都市傳說中，也經常看到雙胞胎之間有心電感應的事。

「但是，卡莉娜在死亡前的意識傳達給我……她說，救救邁歐。」

「…………」

「邁歐從小只看著蒂雅德拉姊姊。同樣的，卡莉娜也只看著邁歐。」

那段關係該怎麼稱呼才好？

是愛嗎？可是，邁歐看到的應該只是蒂雅德拉的美。正因為如此，他聽到卡莉娜變裝時，才天真無邪地為黃金公主的重生歡喜。

就算如此，卡莉娜也愛慕過他嗎？

我不明白。

……不。

這一定是謊話。

我明白。因為我怎麼樣都無法怨恨那些只希望我成為過去英雄的故鄉人們。因為我認為待在那個故鄉，總有一天會屈服於那份歡喜。

「所以，我們決定包庇邁歐。僅止如此。」

「——果然只要開口請求，她或許願意赴死呢。」

橙子像在說爽快多了般低喃。

5

「我還想請問巴爾耶雷塔閣下。」

老師低語。

「先不論整形，伊澤盧瑪的異變妳應該也知情，至少知道出席初次露面聚會的黃金公主是假的吧。」

「……天曉得。」

依諾萊聳聳纖細的肩膀。

她瞥了周遭一眼，也許是認為無法敷衍過去，她發出一聲嘆息。

「唉，我想過會是這種情況。伊澤盧瑪家表現得很好，不過還需要累積幾代才能拿出結果。既然有傳聞說他們的研究突然跳過幾個階段開花結果，連我的笨弟子都不時露面，所以可以想見。」

「所以，妳讓亞托拉姆・葛列斯塔為所欲為，企圖抓住伊澤盧瑪的把柄。」

「就是那麼回事。」

老婦人無可奈何地承認。

在她看來，來自亞托拉姆的接觸應該是及時雨。

使她認為必須調查伊澤盧瑪內情的，究竟是那場初次露面聚會？引發話題議論的地下拍賣會？還是更早以前的事情？她似乎收了米克．葛拉吉利耶當部下，應該也是基於同樣的理由。

「——我也有個問題。」

這次是蒼崎橙子目不轉睛地看著老婦人發問。

「我從以前就很想問。依諾萊老師在我受到封印指定時，有什麼看法？」

「我認為這個決定很正確，妳是現代最適合封印指定的魔術師之一。當周遭眾人徵詢我的意見時，我也大力推薦了妳，說橙子．蒼崎及其魔術迴路應該永遠保存在祕儀裁示局的深處，務必要這麼做。」

老婦人毫不遲疑地回答。

果斷得連在一旁聽著的我都發出低吟。

這就是巴爾耶雷塔閣下。

她在社交聚會上展現的豐富人性與悠然的笑容，也絕非作假。

然而，在比那些面貌更堅實的核心上，她是理想的魔術師。只要相信能替魔術帶來發展，對於出賣學生受到封印指定也絲毫不後悔的理想魔術師、理想的君主。

這也是作為十二君主相稱的姿態吧。

「我想過大概會是這樣。」

橙子沉穩地說。

——就在下一瞬間。

她不經意低頭看著自己的胸口附近，不可思議地望著從那裡長出的綠色尖端歪歪頭。從橙子體內長出了奇怪的植物根鬚。

「——得、得得……得、得手了！」

口吃的話聲從我背後的地板傳來。

在幾分鐘內變得憔悴不堪，幾乎可說是老態龍鍾的邁歐手指之間夾著某種香料藥片。

「……啊，是藥、嗎？」

形狀漂亮的嘴唇為難地呢喃。

橙子曾喝下的阻礙記憶藥物，應該還有其他作用。那多半是當她聞到摻入空氣中的另一種藥物時，會以她的身體為苗床，一口氣生長的植物種子。

「哈哈哈哈哈哈！」

藥師高聲大笑。

「冠、冠位魔術師算什麼！那種玩意兒……毫無意義！有意義的只有她！只有我與伊澤盧瑪的夢想終點！我說得對吧，拜隆卿！」

「邁、邁歐……」

拜隆卿也跟不上快速變化的狀況。

已經被絕望打垮的紳士茫然地搖頭，而臉頰宛如骷髏般凹陷的藥師高聲大吼：

「再、再一次！再、再創造一次就行了！」

他這麼吶喊，轉頭面對兩名青梅竹馬。

「為了我，再、再替她……整形一次！白……白銀公主也是！雷吉娜也是！盡情地、切……切碎她們！」

那正是瘋狂的發言。

相對的，橙子極為爽朗地反問：

「否則，我會就此送命是嗎？」

「對！那、那些根鬚已經連接了妳的心、心臟與所有重要的內、內臟。如、如果妳試圖解除魔術，我會連內臟一、一併扯出來。就、就算擁有優秀的、魔術刻印，也會就此死去……」

「那沒有多大的意義。我身上本來就沒有魔術刻印，會輕易死掉。」

橙子在貫穿身軀的根鬚上刻下某種文字。

下一刻，貫穿她身軀的植物根鬚一塊塊地崩落。

可是遭刺穿的部位沒有堵上，軀幹開著拳頭大小的空洞，橙子心不在焉地呢喃。

「是嗎是嗎？看來我所遺忘的我太過寬容，總之我認為會在這裡一筆勾銷，所以在每個當下最大限度地享樂就行了。真是的，連我自己都覺得性格好惡劣。拜此所賜，謝幕會有點掃興喔。我對邁歐沒有怨恨，不過事情變成這樣，我也沒辦法阻止了。」

她仰望天花板。

「雖然最近因為手法洩漏，鐘塔周邊沒有人企圖殺我了……這樣啊，這件事我沒告訴過你們嗎？」

奇怪的劈啪聲響起。

不同於與震動耳膜的空氣震動聲。

是更本質的——在這個次元不可能發生的異形摩擦。彷彿由我們的靈魂直接聽到的刮擦聲。

「不好意思，替我保管這個吧。」

她將紙盒扔到老師手邊。

那是包香菸。

依諾萊的表情一變。

「橙子，妳——」

「哈哈，老師果然知道啊。」

隨著橙子的笑容，沒有任何人聽過的奇怪聲響逐漸提高音量。

不對，只有我知道那是什麼。

（……在那片森林中戰鬥時的……）

那個時候，我從橙子過大的皮包中感應到的異形氣息。我認為甚至可以匹敵閃耀於終焉之槍（Rhongomyniad），猛烈得令人絕望的魔力。

性質相同的氣息——從橙子的內側傳來。

這才是皮包內容物的本體嗎？

「我反省過以前被打得措手不及的經驗，現在放在這邊——喔，你們別擔心，我設了只做反擊的限制。只要別多管閒事，它應該不會攻擊加害者（邁歐）以外的人。艾梅洛閣下II世，我之後會過去拿香菸。」

劈啪！橙子的腹部破碎。無關於衣服與骨肉，她的腹部宛如雕像素材般剝離——在其內側裂開的傷口是某種「門」。

漆黑的黑暗。

別說是盡頭，甚至連距離都沒有的無底地獄。

後來我問過老師，據說那個怪物沒有名字。只知道它從以前就一直在蒼崎橙子手上，沒有人查出其作為神祕的真貌。說不定連橙子本身都沒掌握到怪物的真相。

簡直就像古老恐怖片的金科玉律。

不說任何話。

誰也不知道其來歷。

最重要的是……是不死之身。

兩道光芒在任何魔術都無法抵達的黑暗底部亮起。

——我在那時候看過的兩隻眼睛！

「——────！」

拜隆卿從喉嚨發出不成聲的哀鳴，影子打碎橙子身體的一切，以驚人之勢延伸。宛如荊棘的觸手與不祥的鉤爪捕獲危害主人的藥師。

「邁歐！」

「嗚……啊……」

聽到雷吉娜的吶喊，邁歐的喉嚨只微微顫動一下。

他好像已經對這個情況死心了。遭捕獲的身體轉眼間被拖入蒼崎橙子這扇「門」內，遭到數千張下顎咀嚼。

對，沒錯。根本無法反應。

辦不到。

在某種意義上，那甚至能與臨時黃金公主的■匹敵——就算完全相反，怪物的存在也足以打垮人的靈魂。就算它以指尖大小的分量逐一吞食，情緒也已經被恐懼充斥。

完了。完了。

案件和一切都完了。

如此輕易地一點一點終結，如同機械降神（Deus ex machina）出現了。

（……這樣好嗎？）

有人發問。

是我在對自己發問。

我畏懼意圖侵占我的過去英雄。

這個人著迷於足以讓所有認知化為無的絕對的■。

沒錯，我們之間的差異非常小。只在於準備奉獻的對象碰巧是他人或自己，以及有沒有遇到契機而已。由於這一點差異，我在這邊，而邁歐即將被帶往那邊。

「喂，格蕾。」

右手傳來聲音。

他剛才對我說過相同的話，老師的喝斥令我被迫醒來。

這次怎麼樣？這也是內心迷茫嗎？只是我強加在境遇恰好相似的對象身上的自私幻想嗎？

「…………………我……」

我擠出聲音。

正好在這時，如同薩莫特拉斯的勝利女神像，在這個瞬間也逐漸破碎的橙子眼睛最後注視著我。

我覺得她好像向我微笑。

那就像在我背上推了一把，叫我照我喜歡的去做，照我喜歡的方式生活。

多半是我至今所見的人物中最自由的人，給出的保證。

「——啊啊啊啊啊啊啊啊！」

身體行動了。

我一跳縮短五公尺。在任何人制止前搶先展開亞德，在死神鐮刀上傾注所有魔力，強行切斷荊棘觸手。

我拖回來的邁歐雖然已被吞食掉一部分的腿，唯一確定的是總之還活著。

「邁歐！」

雷吉娜和白銀公主飛奔過來。

就算聽到邁歐說她們應該為魔術獻身，她們的感情似乎也還沒消失。他們之間想必有即使如此也不會斷絕的關係。儘管我不明白，但想到世界某處有這種時間的積累存在，絕非不快之事。

「格蕾！」

「……對不起，老師。」

我再度切斷準備接著綁走邁歐的荊棘觸手，向他道歉。

我感應到魔力變動。橙子──不，曾是橙子的「匣子」內的怪物，看來將我們視為敵人，準備改變戰鬥方式。

「這個人和我一樣。不，他是稍微有點勇氣的我。」

如果能下定決心，我應該早已經變成過去的英雄了。

變成最適合使用亞德的人類。故鄉的民眾一定會很高興，也不會有像現在這般活得痛苦又不像樣的我。

可是，那種心情該如何表現才好？

聽到我明顯不夠清楚的解釋──

「……哎呀呀。」

老師點點頭。

他凝神細望那片已失去形狀，看起來只像一個曖昧模糊的黑暗「匣子」的空間。

「無從出手嗎？不過，它可以干涉這邊的時間與範圍好像也受到了限制。原來如此，放在恐怖片中是完美的搭配。吸血鬼正因為只在夜晚無人能敵才受到喜愛，喪屍正因為無法正常說話才勾起恐懼。這個成果真符合她的風格。」

老師非常佩服地說道，詢問站在身旁的捲髮少年。

「史賓，你能幹掉多少？」

「七成沒問題。」

「拜託了。」

當老師簡短地說完後，費拉特蹦跳起來。

「等、等等，教授！你不問我嗎！」

「閉嘴，你做的只有徹底腦震盪昏厥而已吧。」

「是這樣沒錯！不，你瞧，輕視腦震盪會很危險喔！如果開始打鼾就悲劇了！啊，可是看得到臨終體驗或前世之類的，很不錯吧？教授覺得……」

「史賓，和格蕾一起擊退觸手。」

「是，老師！」

他乾脆地無視，對史賓下令後再次轉向費拉特。

「費拉特，介入固定那個空間的術式。」

「我明白了～教授！」

費拉特也草率地點個頭，手指畫出細緻的魔術印記並碰觸地板。

在他身旁，史賓全身裹著雄壯的狼人幻體。

「萊涅絲支援所有人。」

「是是是。我就知道你會那麼說，我的兄長。」

萊涅絲滿足地說，也放下摀著右眼的手。水銀女僕回收身體化為天宮圖的部分，悄悄地轉換至臨戰狀態。

然後，老師向身後搭話。

「巴爾耶雷塔閣下、米克．葛拉吉利耶——我們要將它推回去。拜隆卿和白銀公主她們可以交給你們嗎？」

「嗯，畢竟是自家派閥嘛。」

依諾萊答應下來。

拜隆卿仍處於茫然。

因為他不慎直視了那雙眼睛吧。能夠讓見慣異形的魔術師都陷入絕望的惡夢，或許足以讓人生剛被粉碎的壯漢茫然自失。連這個不知何時會喪命的狀況，他好像都缺乏正常的認知。

「既然是委託人的要求，那也無可奈何。」

米克也聳聳肩。

不過，從周遭已經灑落彩色沙子，形成結界來看，他們兩人似乎從那個怪物出現起就在做該做的事。

接著，老師對在場的另一位人物攀談。

「我還以為你會迅速開溜呢。」

「我當然有那個打算。不過機會難得，讓我見識一下你們的本領吧。」

亞托拉姆心情出奇愉快地說。

不知道是中意老師哪一點，他看老師的眼神散發出關注朋友工作的氣息。

「我要收參觀費。」

「隨你怎麼收都行。」

褐色肌膚的青年舉止誇張地鞠躬。

對老師而言，好像這樣就夠了。

他再度呼喚我。

「格蕾。」

「做得好。」

「……是。」

我不禁抬起頭。

「我說過這個案件由我處理。將凶手交給那種怪物有傷艾梅洛的顏面，直到最後都要由我們來結束。」

怎麼可能。老師只是替我的任性找了牽強的藉口。

多麼可笑——多麼惹人憐愛，教人肝腸寸斷的藉口啊。

「差不多要過來了。」

也許是終於決定好對於敵人的反應。

荊棘觸手同時從黑暗「匣子」內側釋放出來。

不過在那時候，自我內在湧現的衝動已決定了去處。

「——我上了。」

我從正面衝進——超越爆炸的速度與範圍。吸收溢出的魔力轉移到「強化」上，同時依靠直覺和反射神經鑽進荊棘之間，強行揮動精巧變形的死神鐮刀。

約七根觸手一次斷裂。

我繼續旋轉，揮動鐮刀。

怪物淌流出太多我應該吸收的魔力。感受著魔術迴路與神經一併逐漸遭到侵蝕，我不帶一絲猶豫，沒有理由猶豫。我怎麼會後悔死守此處？

史賓也抓住附近的觸手，憑幻體的巨大力量扯斷它。

「別想致怪物於死地。」

老師的聲音打在我的背上。

「如果隨便用巨大的魔力刺激它，很可能引來本體。堅持到費拉特分析完畢為止。」

意思是不可以使用閃耀於終焉之槍。就算並非如此，在難以稱為同伴的君主面前也不能用那一招。

也許是感應到我們的反擊，荊棘立刻增生。

我和史賓是否能完全壓制住呢？

正當我緊張地吞嚥口水時——

銀色忽然包裹住我的身體。

「——咦？」

「雖然不想在這種場合炫耀。」

聽起來很不情願的話聲傳來。

白銀在我的手腳閃爍光芒。

包裹全身的白銀——月靈髓液化為優美的鎧甲。

「我的月靈髓液（禮服）借給妳，好好努力吧。」

萊涅絲微微一笑。

*

萊涅絲集忍受著雙眼的痛楚，專心操控月靈髓液。

她仔細地讓月靈髓液與格蕾全身的魔力同調，避免妨礙少女的動作與術式。

萊涅絲的魔力本來就遠不及上一代艾梅洛閣下——肯尼斯・艾梅洛・亞奇伯。她怎麼也做不到以用不盡的魔力，持續大肆驅動月靈髓液的舉動。

不過，艾梅洛閣下II世從她身上發掘出其他才能。

精密操作。

對於強大的魔力產生過度反應的魔眼，也不過是這種才能顯露的跡象之一。

從結果來說，她十一歲即習得被視為特別困難的「在魔術上加疊魔術」的術式。賦予托利姆瑪鎢的人格，與幾小時前重現黃金公主的投影也是靠這種技術達成。萊涅絲記得很清楚，當她第一次成功時，義兄那在喜悅之餘非常悶悶不樂的表情。

（……真是可憐。）

他那樣子，簡直像是為了體會自身的平庸而培育弟子。

從儘管如此也不停止培育弟子這一點，可以看出他離開魔術就活不下去的矛盾心態，這是少女極愛品嚐的東西。

所以，她想盡力享受。

為此……

（……拜託妳了。）

她注視著格蕾的背影。

＊

史賓．格拉修葉特在戰鬥中保護格蕾的死角。

老實說，他心頭湧上一陣歡喜。

光是正在保護她，他就高興得想跳舞。陣陣發麻的甜美感覺竄過背脊，所有腦細胞都被幸福感填滿。

他罹患這種相思病已經三個月了。

不過，史賓也不明白這是不是真的愛情。

他學到的獸性魔術在世界上廣為流傳，使用者卻成反比地極為稀少。由於是納入野獸特質的魔術，許多使用者必然會喪失人性，很難作為魔術家系存續。

格拉修葉特家是少數的例外，但他們並非克服了這個缺點。

而是因為就算使用者發狂，魔術刻印也能傳承給後人。

以固定化的神祕將魔術強行傳承下去，而史賓碰巧有適合的資質。他作為光榮的成功案例被送往鐘塔，由於缺乏加入其他派閥的門路，所以到艾梅洛教室登門拜師。

在那裡遇見的艾梅洛閣下II世看出史賓的才能，達成讓史賓重現幾種失傳獸性魔術的偉業……可是，這不足以彌補他的疏遠感。

甚至在鐘塔，史賓也覺得自己與他人是不同的生物。

不是魔術師，不是人類，甚至不是野獸。

史賓一直感受到與他人之間有絕對無法消除的隔閡。

在感覺到格蕾的氣味時，隔閡第一次消失了。

（……大概……）

大概是因為她也是無法融入的人。

無法融入生者，也沒有變成亡者的勇氣，一直畏懼亡靈。

這樣的他，說不定只是想跟她互舔傷口。

所以，在認為這或許並非愛的同時，史賓絕對無法忽略這份感情。

（啊啊……！）

他隨著衝動高聲大吼。

身體變化出幾個分身。

史賓們向困惑地顫動著的觸手咧嘴一笑。

「這是幻體的運用法。」

總之，那是自己以魔力半物質化的分身。沒對橙子使用，是因為史賓認為她很可能輕易看穿本體，讓分身失效，不過對付這些觸手不必擔心這一點。

六個史賓一起朝荊棘撲去。

*

艾梅洛閣下II世靜靜地觀察著格蕾和史賓的活躍表現。

兩人堪稱勇猛奮戰。

他們漂亮地壓制住如雪崩般出現的荊棘觸手。拜此所賜，他得以找到某樣東西。費拉特的介入術式也緩緩地結束對空間的分析。

然而，一根荊棘突然從縫隙間伸出來。

那根荊棘從所有弟子們都沒注意到的角度，準確地刺向佇立不動的青年眉間。

那一瞬間，模樣宛如蜘蛛的自動人偶降落。擋在艾梅洛II世前面的人偶要害被荊棘觸手刺穿，但也憑藉其當然超越人類水準的力量擰斷觸手。

「是笨弟子存放在拜隆卿這裡的自動人偶嗎？」

依諾萊低語。

那是先前靠托利姆瑪鎢追蹤時，阻攔過格蕾她們的自動人偶。

「謝謝。」

艾梅洛II世轉頭看向白銀公主。

在決定包庇邁歐時，白銀公主多半用人偶爭取過時間。如果是她，學過怎麼操作橙子存放在拜隆卿這裡的自動人偶也沒什麼好不可思議的。

「我原本打算在最後用它和父親一起自盡。」

白銀公主呢喃。

雷吉娜照顧著邁歐，沉默不語。她們兩人大概有同樣的心情。想必是因為覺得在這裡結束也好，她們才會在艾梅洛II世揭發真相時那麼冷靜。

「……可是，你們為什麼……」

她優美的聲音在顫抖。

她問，為什麼要救我們？

明明沒有理由這麼做。

「不是我要救。」

老師說。

青年背對杏眼圓睜的白銀公主續道：

「但既然弟子那麼拚命，當老師的有理由不幫忙嗎？」

艾梅洛閣下II世說完後，撫摸方才找到的東西。

6

纏繞著月靈髓液的身軀，以幾乎比平常快一倍的速度行動。

那可謂是魔術形成的強化外骨骼。雖然我不曾目睹，但這個與據說海涅・伊斯塔里在剝離城（阿德拉）使用過的〈柔石〉應該出自於相同的原理。

我反覆衝鋒兩次、三次。

吸引荊棘的注意，堅持到費拉特的干涉成功為止。

史賓似乎也正採取同樣的行動。明明先前和橙子交手時應該受了傷，但他絲毫沒表現出來，接連扯斷觸手。

（……啊啊。）

我揮動鐮刀的同時心想。

我已經遇見過形形色色的人。

抵達倫敦後，我與人交流的次數是待在故鄉時的數十倍。剝離城的案件也好，這次的事件也好，都是這類漣漪之一。

無論交流的結果是處得來還是處不來，最終都是我的一部分。是難以否定的過去，是只得接受的歷史。

荊棘觸手化為新形態。

那複雜糾纏的團塊狀似於人。

人型好似持觸手之劍的騎士一般。「匣子」裡的怪物好像思考過，認為配合我們這些敵人的形態更容易抗衡。不，與其說是思考過，那果然是人類難以理解的異界本能嗎？

我毫不在意地猛撞上去。

「啊啊啊啊啊啊啊！」

死神鐮刀與劍劇烈撞擊。

這次我無法切斷密度提升的荊棘。

對手的身軀旋轉。

（——這、是？）

我幾乎反射性地擋下斜砍過來的劍鋒。

與我相同的動作。

對方似乎透過短短數分鐘的戰鬥，學會了我們的戰鬥方式。

而且，荊棘魔人看來不只一個。四處蔓延的荊棘觸手都互相纏繞成類似的形狀，準備產生新的使魔。

荊棘之劍削掉我的一縷髮絲。

若是沒有月靈髓液鎧甲，我的頸動脈說不定被割斷了。

「——小格蕾！」

聽見費拉特的呼喚，我在地板上翻滾的同時低喃：

「亞德，解除第一階段限定應用。」

「哈哈哈哈！要用那個嗎！真少見！」

新注入的魔力讓亞德尖銳地大笑。

亞德是賦予在閃耀於終焉之槍上的封印型魔術禮裝。死神鐮刀藉由挪用槍內部的魔力，在局部上取得相當於寶具的功能。

不過，它的限定形態並非只有死神鐮刀。

亞德一瞬間變回匣子，像魔術方塊般旋轉、展開表面，以那種形態覆蓋我的右半身。大盾。

我只忍受著荊棘魔人揮落的劍。

每次擋下攻擊，盾的表面都劇烈地震動。

死神鐮刀在限定形態中擁有次高的攻擊力。相對的，大盾除了純粹的防禦力，還暗藏著另一種特性。雖然啟動需要一些時間，不過大盾的防禦足以撐過這段時期。

第六次承受劍擊時，盾牌表面轟然噴出無數火焰。

「——反轉(Reverse)！」

伴隨著我的呼喊，魔力從火焰中放射而出。

雖然無法與本體閃耀於終焉之槍相比，但這是高密度又純粹的魔力放射，對於靠某種魔術存在於這邊的荊棘魔人造成特別巨大的影響。

複雜交織的荊棘立刻脫落，失去那個形體。

「分析完畢！教授，隨時都可以動手～！」

費拉特笑瞇瞇地宣布。

老師用手指夾著雪茄，冷冷地開口：

「好。」

然後，他朝背後說：

「亞托拉姆‧葛列斯塔。待會兒恐怕會有反作用力，發動防禦術式。」

「咦，你在要求我？我沒理由答應你的請求。」

「我說過會收參觀費。我們都秀出那麼多張牌了，可不准你抱怨。」

「……原來如此。剛才也是如此，你的談判技巧還不錯。」

亞托拉姆揚起下巴，待命的襲擊者們展開行動。

該說他的領導力很優秀嗎？他們連續組成的術式讓依諾萊看得眉頭微微一動，「喔」地一聲發出感嘆。

接著，費拉特吟唱咒文。

「開始介入（Game Select）。」

我以前在課堂上聽說過，在對手行動後因應的被動狀態與主動出擊的情況下，費拉特會分別使用不同的咒文。

「噹噹、噹噹、噹噹噹♪」

少年哼著什麼調子，手指如彈奏鋼琴鍵盤般敲出節奏。

每敲一下，我就感受到魔術波動如某種信號在地板上擴散。這片空間被名叫費拉特的天才少年魔術師的意識逐步掌握。意識領域漸漸擴展，如同被吞進他的掌心裡面。

影響立刻顯現。

剩下的觸手動作在轉眼間變得遲鈍，被吸進內側。

匣子漸漸收縮。

——可是。

「…………唔！」

我在剎那間目睹。

與觸手相反，從暗黑之匣逐漸接近的兩隻眼睛。

張得比我的身體更大，淌流著大量黏稠唾液的下顎。

「不行。」

我聽見史賓吞口水的聲響。

「太順利了。」

沒錯。即使沒動用寶具，我們的行動太過順利，順利到引起匣中之物的興趣。

能與它抗衡的，唯有閃耀於終焉之槍。

然而，已經沒有魔力和時間發動那個寶具了。

我能辦到的是——

「——第一階段限定應用解除，死神鐮刀。」

盾牌重複分解、展開，變回死神鐮刀。

我鑽過逐漸後退的觸手之間，近距離朝匣子使勁揮下鐮刀。

「格蕾妹妹！」

「喝啊啊啊啊啊啊啊！」

我卯足全力揮出。

龐大至極的魔力爆發。

守護匣子的魔力與死神鐮刀的魔力正面衝突，產生激流。

太過沉重的壓力，讓我身上的月靈髓液都失去形狀，朝背後流去。

「格蕾！喂！這樣再怎麼說也撐不住啊！」

我抱著幾分歉意，無視亞德的聲音。

吸收超過規定值的魔力衝破我的神經與魔術迴路。即使不到撕裂的地步，這股疼痛也折磨著我的大腦。想成灼熱的尖刺布滿體內各處就行了。我的身體變成只用來感覺疼痛的肉袋，自我意識彷彿早在一百年前消亡。

可是，唯有魔術的循環停不下來。

只依循最初設定的程式，自動企圖碾碎匣子。

「……啊啊……啊……」

呻吟也化為力量。

疼痛也化為力量。

應該已經消亡的意識仍在低喃。

好痛苦。

即使這樣，痛苦依然比肉體的疼痛更加強烈。

這個世界總是拒絕我——不，不對。其實我明白，那是因為我拒絕這個世界。縱使明白也無計可施，縱使大喊也無法變輕鬆。既然如此，我不是只能壓抑聲音，蜷縮在房間一角嗎？

縱使如此——

縱使如此，依然……

有人看著我。

有人關注我。

此刻也感覺得到投在背上的目光。

只是這樣的小事，就足以讓我再邁出一步。

「……給我……回……………………去……………！」

可是，意念與魔力不成比例。

來自內側的壓力加速度地增強。

本來只有兩道的光芒一道道地亮起。

分不出是飢餓還是憤怒的巨大咆哮從內側傳來。是怪物不只一頭，還是一頭怪物化為這樣的形態？

正當從胸口深處擴散的絕望即將染黑心靈時——

「——已經夠了，女士。」

一道沉著的聲音響起。

我沒有餘力回頭。不過經由強化，敏銳到極限的感覺，讓我掌握到背後的老師正在將某個大型物體放在身旁。

（——那是蒼崎橙子的……她那時拿的——）

我第一次感受到這頭怪物氣息的匣狀皮包。

老師似乎在我們與觸手交戰時，找出了這個皮包。在那個橙子死亡時，隱藏皮包的魔術多半也跟著解除了。

「我剛才簡單調查過。」

老師撫摸皮包表面。

「總之，這個皮包應該是只有以魔力通電時，才會連結那邊和這邊的限定功能型魔術禮裝。因為當魔術師無法再供應魔力時會自行封閉，原來如此，的確適合用來束縛你這種容易失控的怪物，很像那名女子會想到的術式。」

他半是欽佩半是傻眼地聳聳穿著西裝的肩膀。

「那麼，如果在那個匣子內對皮包通電會怎麼樣？這類似於梅比烏斯之環，不過你會雙重出現嗎？或者是矛盾(Paradox)會撕碎你呢？我對這個題目很感興趣。請務必告訴我答案。」

老師多半經過「強化」的手臂單手扔出皮包。

我看見描繪出拋物線的皮包上綁著他平常愛抽的雪茄。我第一次得知，帶著淡淡魔力的雪茄是簡易式魔術禮裝。

荊棘觸手蜂擁而至，企圖阻止。

是理解了老師的話語？還是出於本能？

調轉方向的死神鐮刀立刻切斷那些觸手。

我面對依然成群湧現的觸手大喊：

「亞德！」

「咿嘻嘻嘻嘻嘻嘻！這次要用那個嗎！我超喜歡那個的！妳很開心嘛！」

亞德笑著第四次變形、展開。

從內側的寶具展現出神祕的形態是——巨槌。

我的身體連同巨槌一併旋轉，從槌子背面瞬間釋放的魔力宛如噴射推進器般，發揮最迅速最大的效果。這是以英靈技能來說能媲美D級的限定形態——攻城槌的特性。

「唔——啊啊啊啊啊！」

我使勁揮向皮包。

那些觸手完全沒機會捕捉經過加速的皮包。皮包像顆流星墜入黑暗之匣內側。

深淵內有距離嗎？或是時間？

「那麼……」

老師翻過手掌。

「自己相食去吧，混帳無名怪物（Fucking Nameless Monster）。」

他清脆地打了響指。

皮包打開了。

接下來的情況我不得而知。

在連我經過「強化」的感覺都無法完全認知的領域，有什麼噴湧而出。

體。

那或許是叫聲。和至今不斷吐出荊棘的情況相反，化為虛無的空間開始吞食周遭的物

我只感覺到被一股勁地吞食著。

水晶吊燈、沙發，甚至連螺旋樓梯都被吞食進去。

所有一切。深不見底地。貪心地。貪婪地。傲慢地。淫蕩地。迫切地。殘酷地。

就像一切是場夢。就像誇口只要被那張帶著地獄業火的血盆大口吞下，所有一切都會等同於不存在。

——我的意識也到此中斷。

◆終章◆

鐘塔的名稱具有兩種意思。

一種不用多說，是作為魔術世界大本營的一大組織。

另一種則是指位於倫敦內，坐擁第一科——全體基礎（密斯堤爾）及五大教室與七十多個小教室的最高學府校舍。

這棟有許多學生來來往往的建築物，對外使用的名義是老牌大學。話雖如此，遠望的景觀當然謹慎地設計了魔術和心理學兩方面的結界，避免路人不慎靠近。

不過一進入校舍內，顧慮的種類就有所不同。

依照老師的說法，「這裡有作為學校的規範，卻沒有作為人類社會的法律」，儘管乍看之下和普通的大學名校是大同小異，但只要稍微改變目的地，撞見魔獸或元素魔術肆虐的現場是家常便飯。特別是為了尋找神祕的殘骸與幻想種的遺骸，至今還在地底深處挖掘的大迷宮，如果輕率踏入，甚至連高位魔術師也未必回得來，記得老師帶我來倫敦後提出的第一個忠告就是這件事。

包括這樣的主校舍「鐘塔」，還有其他十一學科作為獨立的大學城分散於倫敦近郊，可以說是魔術協會在地緣政治學上的全貌。

此刻，老師坐在安排於「鐘塔」內的個人房間裡。

和現代魔術科的市街——斯拉相比，這裡明顯設備齊全，空間和一般酒店套房差不多寬敞。單看辦公桌或沙發，都是散發出歷史悠久之名牌氣息的精品。從造型瀟灑的窗戶呈斜角射入室內的柔和秋日陽光，與精心雕刻過的花崗岩壁爐進一步強化這種印象。

不過即使如此，對於坐在老師面前的對象來說還是不夠。

「——那麼，事情怎麼樣了？」

發問的櫻唇恰似惹人憐愛的花瓣。

筆直注視著老師的雙眸是琥珀色的寶石。以藍色緞帶束起的法國捲金髮，令人想到那是否出自天工之手。

儘管單論純粹的美貌會比黃金公主與白銀公主來得遜色，但她全身散發出宛若黃金的自豪足以彌補這一點。少女如實證明，美並非只來自外貌，會從那個人的生活方式顯現出來。

雖然鐘塔廣闊，要找到這樣的少女也不簡單。

露維雅潔莉塔・艾蒂菲爾特。

曾深入涉及剝離城阿德拉一案的少女前來指名拜訪老師。她的主張是之前約好找老師擔任導師(Tutor)，所以來訪也是理所當然，老師則一口咬定只說過之後再考慮，不記得曾經允諾，但看在我眼中，誰位居優勢顯而易見。

「沒有什麼怎麼樣，我把事情經過交代完了。」

坐在辦公桌旁的老師厭煩地搖搖頭。

只有故作不知的風吹動雪茄煙霧，在個人房間的天花板處搖曳。鐘塔內部的空調依地點而定，有些是運用風元素的魔術，有些是運用常見科學技術的吊扇。老師的個人房間則依照他本人的興趣採用吊扇。

「哎呀，沒這回事吧，因為你還沒說到關鍵的最後結尾。就算喪失意識，格蕾和你不是都生還了嗎？」

「下半身被吞食的邁歐徹底變成廢人。拜隆卿一恢復意識，馬上哀嘆著為什麼不殺了他。」

這說不定也是當然的。

他的人生在那裡結束了。

他等於永遠失去了追求美這個相傳許多世代的目的。

「由於初次露面聚會上的詐欺及凶殺等醜聞，伊澤盧瑪的領地遭到鐘塔凍結。關於白銀公主和雷吉娜及伊斯洛．賽布奈，也和拜隆卿一樣在鐘塔接受調查，但不會出現什麼重要的額外情報。邁歐的殺人犯行也被視為與布里希桑家無關的個人暴行收場。」

「…………」

我側眼看著他們，同時打掃房間。

雖然老師制止過，說我還在療傷，但我覺得活動身體比較自在。我在故鄉的教會也經常被派去打掃，因此很擅長這類工作。無論怎麼說，打掃得以讓我幾乎不必思考。拂拭細細窗框上的塵埃、為地板打光的細膩作業也是令我產生快感的興趣。

露維雅依舊沉沉地坐在沙發上，享用背後的龐克頭管家為她泡的紅茶。

據說她是在正式入學前過來參觀。

雖然有點意外，她好像正在考慮住進諾里奇的學生宿舍。不過從偶爾聽到的內容來看，她似乎打算獨占整層頂樓，我覺得那倒也是很符合她風格，又與眾不同的宿舍生活。

順帶一提，諾里奇這個姓氏是指鐘塔著名的——所謂的長腿叔叔家族。現代魔術科的別名為諾里奇，據說也是因為從老師這位君主就任學部長前，他們就一直提供學科最大的融資。據說有人基於類似理由，接受援助成為養子等等，使得諾里奇這個姓氏在鐘塔周邊很常見。

少女放下白瓷茶杯，把玩著法國捲金髮，思考一會兒後開口：

「由於艾蒂菲爾特好歹也屬於民主主義派，我聽到各種傳聞喔。畢竟這是近來最可怕的案件了。」

「巴爾耶雷塔派也是，最有力的分家之一突然名聲掃地。」

老師憂鬱地握著鋼筆回應。

單從結果而論，貴族主義派的艾梅洛大幅提高身價。情況成了老師痛擊民主主義派的名門巴爾耶雷塔，堂堂正正地凱旋返回鐘塔。聽說那些貴族(Lord)非常高興地一湧而上，異口同聲地讚美老師，對於艾梅洛的債務也敲定了條件大為有利的融資計畫。

然而，在這樁案件的相關人物中，有誰期望得到那樣的結果呢？

究竟有誰會為這種結局感到欣喜？

老師用鋼筆寫字的沙沙聲空洞地響起，他突然抬起目光。

「對了，我聽說過橙子小姐的身體是人偶，讓怪物棲息在體內的事。」

露維雅說。

「橙子小姐說過最近手法洩漏了吧？在遭到封印指定的時代，她好像靠這個手法逃脫過許多次。據說由於受害規模太大，還曾對執行者部隊下達暫時停止執行的命令。」

這段往事非常符合她的特色。

同時，連這種情報都掌握得到，不愧是人稱「人間最優美的鬣狗」的艾蒂菲爾特。

老師打從心底發出深深的嘆息。

「她平常都從遠距離操縱人偶的身體吧。」

「很難說。如果純粹是遠距離操作，那阻礙記憶的藥物應該沒有意義，我認為在伊澤盧瑪長住一個月的期間也會露餡。」

「……那麼，為什麼？」

我忍不住問出口。

露維雅緩緩地轉動視線，停頓一下後開口：

「關於這一點一直有個令人懷疑的傳聞，聽說那位人偶師已經失去了本體的概念。」

「沒有……本體？」

「對。她可能替換成與自己具備相等能力的完美人偶，原型已經消失了。」

「…………」

我感到背脊發寒。

這在理論上應該是正確的。既然有完全相同的人偶，或許不需要現在的自己。

可是，要怎麼樣才會下那種決定？無論與本人有多相似，人偶終究是他人才對。由人偶歌頌自己應該度過的人生，由人偶得到自己應該獲得的成功。可以接受這種情況的人格到底是什麼樣……

「……如果是她，也許有可能。」

老師說。

「雖然那是我難以想像的生存方式。」

露維雅回應。

她背後的龐克頭管家端上新的紅茶，替換掉喝完的茶杯，悄悄地配上一盤司康。他似乎明白，了解身為主人的少女用餐步調是僕從理所當然的修養。扣掉將近兩公尺的體格與髮型，他可以說是模範管家。

「老師也吃一點如何？」

露維雅勸他嚐嚐管家準備的另一盤司康。

「我不愛吃甜食。還有，別叫我老師。」

「哎呀。你比較喜歡導師這個稱呼？還是艾梅洛教官？仿照亞洲的說法，叫師父之類的？」

「……老師就行了。」

老師苦澀地說道，放下鋼筆。

看來他從剛才開始寫的文件完成了。

雖然露維雅沒有理會，不禁產生興趣的我忍不住發問：

「……老師，那好像是一封信。」

「這是寫給卡莉娜她們妹妹的信。由於無法據實以告，我想至少要把在現場找到的護身符寄過去。」

「她們有妹妹嗎？」

「她們在故鄉好像是三胞胎，但只有那兩人被伊澤盧瑪僱用。唉，雖然我想過會有姊妹就是了。」

「你還是老樣子，很會照顧別人。」

露維雅探頭看去，他手邊擺著上面有幾道裂痕，描繪著漩渦花紋的小石頭。

「大概分割成三塊了吧。」

老師說。

「凱爾特的旋渦花紋以三重為美。她們拿著那種漩渦花紋的護身符，所以我猜測應該還有另一個姊妹。其實，我會想到初次露面聚會上的黃金公主是否經過整形，也是出於這個理由。」

可能有第三個人的想法。

從經過整形的冒牌黃金公主的思路再進階一層。

雙胞胎的黃金公主、白銀公主——可能還有另一個人存在。

露維雅微微垂下目光。

「雙胞胎……嗎？對我而言也很有緣。」

「聽說艾蒂菲爾特代代都有人稱天秤的兩位當家。」

老師拿起帶水印的信紙說道。

魔術刻印通常只能給一人繼承。與其說只能給一人，不如說沒有分割的意義。因此繼承者限定為一人，在一般情況下，即使是顯赫的名門也不會教導除了那一名繼承者之外的人魔術。

但是，凡事都有例外。

看來艾蒂菲爾特即為其中之一。

原本遭到厭惡的「繼承者有兩名」的情況，據說正是天秤之名的由來。

「不過關於下一代當家，我沒聽說過除了妳以外的消息。」

「舍妹生性文靜，所以留在故鄉。」

少女露出淡淡的笑容。

至少從那抹柔和的笑容來看，她們姊妹的感情應該不錯。

她抬起優美白皙的手指悄悄地交纏。宛如接吻般相疊的兩隻食指，令人聯想到鏡像。

「雙胞胎的魔術，用比喻來說就是與鏡像中的自己融合。能透過聚齊成雙，作為完美的存在掌握巨大力量，卻時常拿刀抵住彼此的咽喉……忘記那件事時，鏡子將會破裂。」

少女靜靜地說。

她在談論黃金公主與白銀公主嗎？

或者是在談論自己與妹妹？

露維雅停頓一下……

「還剩下一個問題。」

她說。

「在那場地下拍賣會上，提供資金讓伊澤盧瑪足以贏過亞托拉姆·葛列斯塔，標下菩提樹葉的人，到底是誰？」

沒錯。

唯獨這件事，怎麼樣也想不透。

「鐘塔也首先審問過那件事，不過據說拜隆卿對拍賣會時期發生的事毫無記憶。」

「記憶……障礙……！」

露維雅瞪大雙眼。

再加上，魔術師擁有的資產好像有很大一部分不合法，或是以各種形式藏匿起來。用在拍賣會上的金錢假使以這種形式流入，就算是相當精通業界的人也難以準確地計算吧。

「我對另一點也感到疑問。」

老師補充道。

「第三個人到來，完成了黃金公主的術式，這真的是巧合嗎？」

在剝離城阿德拉有法政科當眼線。

老師識破那座城的祕密，我與露維雅打倒凶手，一半應該也是認為差不多是時候毀掉剝離城的法政科——化野菱理的目標。受她的意圖擺布真教人氣憤——我還記得老師這麼說時的側臉。

可是，這次呢？

拜隆卿為了彌補喪失黃金公主的問題招聘冠位魔術師，單純是巧合嗎？

那經過整形的卡莉娜，結果達到超越黃金公主的領域一事呢？

「…………」

兩人都陷入沉默。

「呵呵呵。」

我覺得——聽到了某人遙遠的笑聲。

＊

正好在這個時候。

個人房間的門扉猛然敞開。

「教授！聽說小露維雅來了，是真的嗎？」

從門後露臉的，當然是金髮碧眼的少年——費拉特。

「唔！你——！」

從露維雅險些站起身來看，他們好像不是第一次次見面。

龐克頭的管家若無其事地扶住晃動的盤子，少年更開朗地笑著拍了手。

「因為聽說妳來鐘塔參觀，我必須好好地問候嘛！小露維雅，妳指定要加入艾梅洛教室對吧！在艾梅洛教室我是學長，大家又說問候是做人的基本嘛！」

「說到底，我根本不允許你用小露維雅這個稱呼！」

露維雅抗議，卻沒成功困住笑瞇瞇的費拉特，氣得臉頰泛紅。

費拉特意外地會觀察對手後交談……也許是這樣，但社交能力糟糕透頂的我不可能推測出那種真相。啊，她剛才施放的咒彈好像被介入消滅了，這大概也是溝通的一環吧。

「費拉特！你為何連好好地問候學妹都辦不到！」

這次是史賓進來大聲斥責。

他端正的臉上已經沒有半道傷口。在前個案件中，他負傷的程度應該和我相同，不過該說不愧是獸性魔術嗎，別說一週，他不到三天就完全康復了。

老師明顯地皺起眉頭。

「……你們幾個。」

「不，我是真的好奇學妹的事——啊，格蕾妹妹！啊啊啊啊，格蕾妹妹桃色的氣味！今天還有略帶憂鬱的藍色方形味道！」

面對神情恍惚地抽動鼻頭嗅聞的對象，我不由得躲到老師背後。

濃郁的雪茄煙味從老師的西裝肩頭處傳來，我一瞬間感到暈眩。

「我告訴過你，不准靠近格蕾的周遭吧。」

「……是、是的……」

聽到老師的話，史賓無精打采地垂下頭。

連他的捲髮都變得軟塌塌的，活像垂下來的狗耳朵。

「Call.」

「開始干涉！啊哈哈，小露維雅妳用不著那麼高興嘛！」

連咒文都開始此起彼落，費拉特和露維雅的衝突越來越激烈。

這裡好歹是君主的個人房間，具有足夠的堅固度與魔術安全措施，費拉特基本上又採取守勢，因此目前還沒有東西損壞……如果對手是性質與露維雅相同的魔術師，大概已經破壞一兩間教室或禮堂了吧。

正當魔術戰打得如火如荼——

「……哎呀呀，真吵呢。」

緩緩從門口出現的萊涅絲愉快地揚起嘴角。

老師一臉嫌麻煩地回望著她。

「既然如此，若妳能幫忙勸阻一句，我將不勝感激。」

「不不，那麼做會損及兄長的威信吧。身為一個謙遜的妹妹，我想顧及兄長在職場的威嚴。」

「妳純粹只想看我受苦吧。」

「哎呀，那麼快就發現真相可不風雅。」

萊涅絲若無其事地承認，露出微笑。

紅色眼眸的少女望著露維雅和費拉特吵鬧地交手——不知不覺間連史賓都加入了——

和托利姆瑪鎢一起跨越房間，悄悄地觸碰老師的手臂。

「……你在想有沒有更好的解決方法嗎？」

「……事到如今又能如何。」

老師撇開頭。

雙貌塔的案件。

邁歐自不用說，白銀公主和雷吉娜無疑同樣是想誘使我們中計。雖然是為了逃離拜隆卿手中，她們企圖為此利用艾梅洛之名和萊涅絲是無庸置疑。

可是，在此一前提上。

這個人人都失去某些事物的結果，必然會讓老師感到煩悶。

理解魔術師（怪物）的倫理，不代表捨棄身為人類的倫理。正因為懷抱著兩者，老師的痛苦比普通的魔術師膨脹超過一倍。

萊涅絲比任何人都理解此事，才會這麼問。

至於她露出一絲喜悅的笑容，我就當作沒看到吧。

「就叫你別叫我狗狗了！」

「既然你們說自己是學長，不能有點學長的樣子嗎！」

「啊哈哈，討厭啦～現在的我和狗狗不是超有學長風範嗎？凡是鐘塔的事情，儘管問我們——啊，對了，我忘記告訴亞托拉姆先生天候魔術可以改善的地方了！」

雖然寬敞，但老師的個人房間實在太過吵鬧，房間都在晃動。

雙貌塔陰鬱的氣氛簡直像假的一樣——一片如夢境般溫暖的景象。

「咿嘻嘻嘻嘻！怎麼，妳都淚角含淚了嗎！」

「……閉嘴。」

我以大家聽不到的程度用力揮揮右手，自己也邁出一步。

「哦？」萊涅絲沉吟一聲，老師則微微歪頭。

「格蕾？」

「身為寄宿弟子，我去給他們一點教訓。」

我如此說完後，隨著自己的想法踏進三人之間。

＊

——揭開一段未提及的時間吧。

實際上的事後情況是這樣。

當我們醒來時，月之塔已是半毀狀態。

比起思考是不是被那頭匣中怪物吞食的，我只茫然地癱坐在地。就連我們成功生還的感慨都很遙遠。

「……巴爾耶雷塔閣下帶著拜隆卿和白銀公主她們先回去了。」

透過崩塌的牆壁仰望夜空，萊涅絲同時對我說的話都沒有正常地浮現在意識中。

她打算因應這次的結果，立刻統整巴爾耶雷塔派和周邊派閥吧——少女說明道。為了在鐘塔的派閥鬥爭中活下去，像這樣調整地盤也是不可或缺的。

「白銀公主與雷吉娜向妳道謝——她們說，謝謝妳救了邁歐。」

「是……嗎？」

能夠救到某個人，我的確很開心。

但即使如此，還是留下了空虛感。那種程度的■徒勞地消失也好，失去為此一路積累的歷史也好，都空虛到讓我心痛萬分。我只是短暫地看到那段始末，不過他們不是應該擁有更耀眼的未來，更輝煌的榮譽嗎？

「……可惡，什麼都嚴重受損。」

在不遠處，被留下的亞托拉姆流露出憤怒，咬牙切齒地說。

正好站在數公尺距離外的老師以冷靜的語氣搭話：

「很高興你平安無事。」

「哈，那還用說！雖然防禦術式的後座力害我手下的幾個王牌精銳倒下了！」

就算這樣，從他本人毫髮無傷地挺過危機來看，這名魔術師果然也具備不可輕忽的力量。

「……哼哼，真痛快。」

萊涅絲悄悄低喃。

嘴角會遮掩不住而彎起，是打從心底感到愉悅的證據吧。她明明應該也疲憊到極限，不過比起肉體上的勞累，似乎把癖好看得更優先。

面對這樣的我們……

「——也罷，當成消災解厄吧。因為重頭戲的戰場在後頭。」

亞托拉姆回過頭。

他特別意味深長地瞪著老師宣告：

「這裡確實沒有我看上的菩提樹葉。既然你的什麼推測正確，打賭也是我輸了。但我並非無法準備其他聖遺物，已經確實安排好了代替方案。對上一代的艾梅洛閣下而言，聖杯戰爭或許終究是場遊戲，但是對我而言——」

「我唯獨叮嚀你一件事，先生。」

老師沒聽完就開口。

他筆直地瞪著亞托拉姆，強硬地拋出簡短的一句話——

「最好別小看聖杯戰爭。」

那句話裡包含了多少情感？

始終瞧不起老師的亞托拉姆也有一瞬間僵住。

「……哈……」

像要強行驅動停止跳動的心臟，他吐出一口氣。

「哎呀，看來你對聖杯戰爭的感情很深。哈哈哈，是因為你從上次的聖杯戰爭獲得的好處比上代當家多嗎？唉，我也承認剛才處理匣子時你非常機靈，不過你無法參加第五次聖杯戰爭，因為協會名額的招募早已截止了。」

亞托拉姆的聲調帶著讓我無從錯過的嘲弄。

「你……！」

「格蕾。」

老師伸手制止忍不住差點衝出去的我。

「正是如此。鐘塔的名額已沒有容許我參加的餘地。」

「哈，你似乎非常明白自己的立場。」

「不過，那只是鐘塔的名額，沒有事需要你操心，你應該也得不到更多收穫了，最好快點回去做自己的準備。」

「不用你說我也知道。看著吧，讓我來告訴你與其他魔術師，戰鬥是在開打前就已決定勝負。」

亞托拉姆誇張地拉正西裝衣領後轉頭離去。

「……啊，對了。」

褐色肌膚的青年快步離去，同時沉吟似的低語。

他的聲音傳入我耳中。

「……既然無法召喚屠龍者，召喚龍使就行了。雖然我對職階不怎麼滿意。」

＊

此刻，那位褐色肌膚的魔術師正在為新的戰鬥做準備嗎？

生還的白銀公主和雷吉娜也在以某種形式戰鬥嗎？

時間繼續流動，人生也在繼續。任何案件都沒有單獨結束，姑且不論是否清楚地顯現在外，其影響連鎖性地逐漸擴散。如果朝水面扔進小石子，即使從陸地上看不見漣漪，水中的能量也會擴散開來。

要說當然亦屬當然。

這次的案件會給許多人帶來怎樣的影響，我一點也不知道。老師與露維雅或許預見了前方幾步的情況，但應該也離全貌相距甚遠。

時間是多麼複雜的織物（Tapestry）啊。

「…………」

受到思慮驅使的我上完幾堂課後，回到老師在鐘塔的個人房間。

我半路上忽然想起忘記拿擦鞋用具。雖然在鐘塔和斯拉都有用具，但用具本身偶爾也必須做保養。

幸好這裡的個人房間和斯拉一樣劃分為前後兩間，老師給了我面向走廊那一間的備用鑰匙，讓我能夠自由進出。

（……剛才我做得太過火了嗎？）

試圖調解他們三人的事，也使我陷入自我厭惡。

像那樣大肆玩鬧過後，我無論如何都會因為反作用感到沮喪。

給對方添麻煩了嗎？會不會得意忘形，遭到厭惡？一陣猛烈的後悔襲來。雖然理智上明白費拉特和史賓別說覺得麻煩，依他們的特質都不太會記得這些事，卻沒辦法讓內心感到釋懷。

我陷入陰鬱的想法，感到沮喪前，繼續執行作業（Task）。

「……我看看。」

我打開個人房間的鞋櫃，發現目標物品。

鞋油和去汙用清除劑還有不少，不過刷子本來是宿舍的克里希那準備汰換的舊物，差不多該換把新的了。我還想替換擦鞋用的抹布。儘管用具的好壞對擦鞋的影響不大，在心情上還是有差別。

「……要不要打工呢？」

我忽然想起宿舍的徵人訊息。

雖然老師也有給我擦鞋需要的經費，但我想，起碼這點小東西可以用自己的錢買新的替換。儘管我不知道老師有多重視擦得閃閃發亮的皮鞋。

當我將用具收進自己帶來的紙袋裡時，房間內傳來聲響。

（……老師？）

平常這個時候，老師明明應該正在前往現代魔術科的市街斯拉，唯獨今天還沒走。

我微微打開內室的門。

先找個藉口，我並無意偷看。

只是剛好來不及呼喚，老師就觸碰放在深處的櫃子，詠唱某種咒文同時轉動鑰匙。那大概是在物理與魔術兩種層面上的鎖。

老師打開從櫃內取出的橡木盒，拿出盒中物。

從遠處望去，似乎是一塊陳年的朱紅色布塊。

（那個是——）

某個詞彙浮現在腦海中。

老師和亞托拉姆打賭時提出的聖遺物。

老師珍惜地將朱紅色布塊放在掌心，臉上露出極為複雜的表情。

他絕不握緊布料。彷彿害怕在布料上留下哪怕一道多餘的皺褶。明明只微微動了動顫抖的眉毛與嘴唇，種種情感卻像萬花筒(Kaleidoscope)交疊在其中。

像在發怒。

像在感嘆。

像在悼念。

像在歡喜。

像在悲傷。

像在愛惜。

突然間——

「……雖然你要是來取笑我說『這個生手』，似乎很不錯。」

直到他這麼喃喃自語為止，花了多少時間呢？

「…………唔！」

我不禁轉身背對他，靠在牆邊。

我摀著嘴，竭力壓抑聲音。覺得唯獨這段時間絕不能打擾他。我滑落並癱坐到地板上，依然沒鬆開摀住嘴巴的手。

只是，心跳聲很吵。

我好像看見了非常珍貴的東西。如同不小心窺見某人的寶物——不，我剛才窺見的，是足以與那個人的心臟相比的人生本身。

如果那是老師在第四次聖杯戰爭使用過的聖遺物。

如果那是老師想參加第五次聖杯戰爭的理由。

「……啊啊。」

我洩漏氣息。

（——真想讓他們相會。）

我痛切地心想。

那一定是——我來到倫敦後，首度懷抱的「願望」。

〈完〉

看似解說，難以形容的某篇文章

成田良悟

「嘿，良悟的Fake完全是平行世界，所以隨你喜歡去寫YO。啊，阿誠的艾梅洛閣下II世事件簿與stay night本篇完全是同一個世界喔。」

——奈須きのこ先生這句開朗的宣言，清楚劃分了三田誠先生與我（成田良悟）的幸與不幸。

我覺得「我的天啊，他料到我會隨心所欲地操弄世界，從一開始就被認定和本篇是不同的世界！」，三田先生則覺得「奇、奇怪？我好像被迫背負了不必要的辛勞！」……哎呀，明明劃分了幸與不幸，雙方的表情都很憂鬱耶。這是怎麼回事？

後來，奈須先生告訴我同樣當成平行世界的Fate／GO劇情概要，我高興地想著「這麼亂來也OK！那當成不同世界就行了！平行世界萬歲！像Fate／GO那樣亂來吧！」，三田先生則覺得「咦，我必須採納FGO的設定到什麼程度？」，表情變得更憂鬱。喔喔，終於分出幸與不幸啦！

先不提這段開場白，說到我為何會在這種地方不勝惶恐地寫起類似《艾梅洛閣下II世事件簿》的解說，那是因為我也負責執筆名為《Fate／strange Fake》的Fate系列故事之一。基於這段緣分，由我來解說這部作品，不過實際情況反倒相反，《艾梅洛閣下Ⅱ世事件簿》的一連串作品，等於在補充說明我筆下的Fate系列。

不，不只拙作，三田誠先生在這部作品中描寫的，是揭開名為《Fate》的壯大世界背面，即時指導逐漸固定之真相見解的一名男子的教學（人生）。

《艾梅洛閣下Ⅱ世事件簿》這個故事是某種類似魔術儀式的「解說書」，毫不猶豫地打開化為薛丁格箱子的「鐘塔」封蓋，讓貓從屍體狀態復活並活力十足地喵喵叫。

以奈須きのこ先生與武內先生為首，由TYPE-MOON諸位人士創造的《Fate》世界，那個空間如今也經由各式各樣的人之手持續膨脹，或是持續增加特定地點的深度。三田先生在像這樣漸漸化為混沌的世界中，透過名為艾梅洛閣下Ⅱ世的魔術師的生存方式，豎立起明確的路標。

我創造出來的「費拉特．厄斯克德司」這名角色也是，一開始我認為他只能融入《Fate／strange Fake》的世界。然而，三田先生在本作中寫出甚至連Fake中都沒描繪過的「費拉特的魔術戰鬥」（而且對手還是TYPE-MOON世界中數一數二的魔術師！），將費拉特作為Fate世界艾梅洛教室的成員引導他。

我在感到深深感謝的同時，也為三田先生的本領與艾梅洛閣下Ⅱ世這名角色具備的潛在可能性感到戰慄。

艾梅洛閣下II世這個人物根深葉茂地遍布於Fate世界的各個角落，漸漸化為正可稱為世界樹的存在。可是，他本人沒察覺這一點，嘴上悠然地說「只不過是株樹喔，被點火燒掉就完了」，心中卻盼望抵達連世界樹的枝葉都無法觸及的盡頭之海，是個棘手的人物。

如同我在開頭提及的，或許正因為是嘴上說著「事情變得麻煩透頂」，最後還是認真面對鐘塔的三田先生，才能讓艾梅洛閣下II世這名角色作為說書人描繪故事。

Fate系列是壯大又具有各種面貌的生物。散發出難以觸碰的幻想種氣息，又兼具像鄰居家圍牆上的貓一樣能輕鬆觸摸的一面。如果隨便伸出手會被牠咬，或是隨心所欲地撫摸牠，想據為己有的話，也會被周遭責怪「你對待牠的方式錯了！」。

如果說我的《strange Fake》是嚷嚷著「今天是萬聖節～！瘋狂一場吧～呀呵！」，隨心所欲地打扮那種生物的胡作非為之人，《艾梅洛閣下II世事件簿》就是配合成長，持續量身製作完美禮服的一流裁縫師。

沒錯……正因為三田先生像維繫表裡的閃耀於終焉之槍一樣，堅定地鞏固了奈須きのこ先生筆下壯大灑脫世界的一部分，才有讓我這種人亂來的空間。

聽到奈須先生說「我配合動畫，設定了亞托拉姆這個新角色作為第五次聖杯戰爭術士的前任主人，拜託嘍！」後，三田先生呻吟道「術、術士的主人原本不是中年大叔嗎……」。看到奈須先生強而有力地回答「哈哈哈，世界每天都在進化！」，我不禁在腦海中將他們兩人與另一對搭檔重合在一起。

奔放有力的王者與被他耍得團團轉的年輕主人。

由這樣的奈須きのこ先生與三田誠先生搭檔創造的這個故事，會邁向何方——但願我能和諸位讀者一起見證教授的「教學」直到最後。

同時深信總有一天，教授能目睹盡頭之海（Oceanus）。

後記

三田誠

——於是，雙貌之幕落下。

到達■的夢，宛如海市蜃樓。

因為會從指縫間流逝，他們不停前進。

大家久等了。

為大家送上《艾梅洛閣下II世事件簿》第三集。

主角艾梅洛閣下II世是非常稀有的角色，雖然我只不過是暫時借用的立場，但寫起來感覺極為熟悉。那是不管我先前寫了其他什麼故事，只需寫一段他的台詞，就能順利回到《事件簿》的熟悉感。

他具備的鬱悶、彆扭、自卑感，以及因此偶爾會閃耀光芒的消極的積極性。

那些特質一定也存在於我心中吧。

恐怕幾乎所有人的心中都有。

我覺得正因為如此，這個陳腐的古老魔術與神祕的故事，才會觸動每個人的心。

*

在作品中也寫到，美與魔術在現實的歷史上也息息相關。

或許可以說是美、魔術與數學。特別是在西方，大多數的美都轉換成數字及比例，正確的數字與比例被視為直接反映出作為魔術的有力程度。

以黃金比例和魔方陣為首，許多魔法圓幾乎都是精密數學的產物。這些數學和魔術又跟顯現星辰狀態的天文學複雜地交織在一起，對我們的文化帶來重大影響。

那麼，如果那種精髓匯聚成人型呢？

總之，伊澤盧瑪的魔術就是這樣的事物。

黃金公主與白銀公主、陽之塔與月之塔。他們花費漫長的時間，一點一點地將他們深信至高的星辰姿態複製在人身上。透過像星辰般生活、像星辰般進食、像星辰般睡眠，漸漸獲得了那種美。

於是時間來到現代，他們得到一個成果……但結局如故事內容所述。他們的吶喊是單純的妄執，還是必然的衝動？如果是你，會怎樣回答？

＊

談談幾件與本篇沒有直接關聯的無聊事情吧。

在本作決定變成系列時，我有了幾項決心，其中一項是「不逃離鐘塔」。即使舞台未必在鐘塔，如果覺得這麼做故事比較有趣，我絕對會毫不猶豫地徹底分解在TYPE-MOON世界觀中特別有魅力的黑盒子。

另外，於二〇〇三年發表的《Fate／stay night》，如今也並非當初的原樣，經過動畫等跨媒體製作和許多衍生作品，由奈須きのこ先生親手一點一點地更新中。想補足強化這類更新內容，也是時間設定接近《Fate／stay night》的《艾梅洛閣下II世事件簿》的一個目標。

我在書中加入蒼崎橙子的老師依諾萊，與才剛在動畫版ＵＢＷ中登場的亞托拉姆是出於那個理由。

如果能連結起過去和現在，為不斷擴展的世界觀助一臂之力，是我的榮幸。

最後，一一將角色設計得鮮明到教人吃驚的坂本みねぢ老師、從美與魔術的歷史乃至天宮圖都協助考證的三輪清宗先生、指點我費拉特的咒文與戰鬥時行動等細節的成田良悟先生，還有包括奈須きのこ先生的TYPE-MOON工作人員們，我在此致上謝意。

下集預計在夏天拜見各位（註：此為日本方面）。

記於玩「Fate／Grand Order」時

二〇一五年十一月

Kadokawa Light Novels

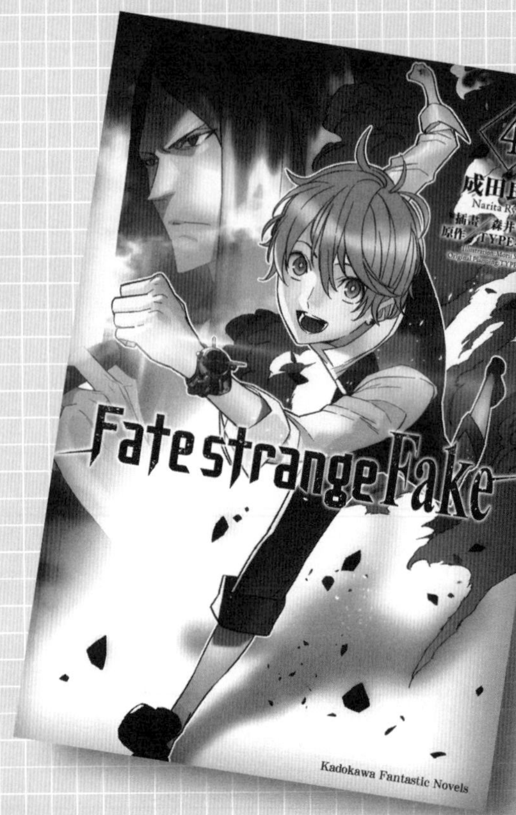

Fate/strange Fake 1~4 待續

Kadokawa Fantastic Novels

作者：成田良悟　原作：TYPE-MOON　插畫：森井しづき

連鎖的衝突，以及被侵蝕的日常——
「限期七日」的聖杯戰爭開始了。

聖杯戰爭開始後，史諾菲爾德乍看下平穩地迎接了第二天的早晨，卻確實地遭受著侵蝕。召喚出「看守」的青年士兵，與狂信者「刺客」展開對峙；憎恨神的英靈面前，出現了一名自稱「女神」的女性——迎接全新局面的各個陣營，其內心所思究竟如何？

各 **NT$200~210/HK$60~65**

台灣角川

Kadokawa Light Novels

5
櫻井 光
原作 TYPE-MOON
插畫 中原
Fate/Prototype
蒼銀的碎片
Kadokawa Fantastic Novels

Fate/Prototype 蒼銀的碎片 1~5（完）

作者：櫻井 光　原作：TYPE-MOON　插畫：中原

聖杯戰爭宣告終結……
誰將是最後的勝利者？

狂戰士在騎兵壓倒性的力量下喪命，騎兵遭弓兵初現即成絕響的寶具消滅。槍兵因主人所賜靈藥的作用，魯莽地正面突襲劍兵而殞命。魔法師與刺客落入沙条愛歌之手，敵對使役者也終於全告出局。如今愛歌眼中，只有她最愛的劍兵。願望即將實現——

各 NT$280~300/HK$85~90

Babel 1~2 待續

作者：古宮九時　插畫：森沢晴行

超過400萬人深受感動，
超人氣網路小說終於出版！

水瀨雫撿起怪異書本，回過神來就到了異世界。唯一的幸運之處是「語言相通」。雫與魔法士埃利克一同踏上尋找歸鄉之路的旅程。大陸上因為兩種怪病──孩童的語言障礙與連綿細雨所帶來的疾病，陷入極度混亂。異世界隱藏的衝擊性真相即將揭曉！

各 **NT$240/HK$75**

戰鬥員派遣中！ 1 待續

作者：暁なつめ　插畫：カカオ・ランタン

「一個世界不需要兩個邪惡組織！」
操起現代武器，開始進軍新世界！

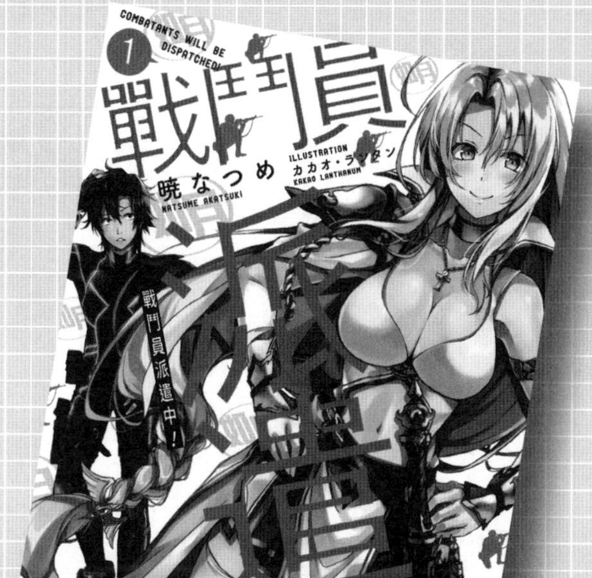

眼見征服世界的目標即將實現，為了擴大版圖，「祕密結社如月」將戰鬥員六號作為先遣部隊派遣至新侵略地，但他的各種行動都讓幹部們傷透腦筋，更強烈主張自己應該加薪。然而，他接著卻傳回了號稱魔王軍的同業，即將消滅看似人類的種族的消息——

NT$250/HK$82

勇者無犬子 1~2 待續

作者：和ヶ原聡司　插畫：029

拯救異世界前就先陷入補考大危機！
前途叵測的平民派奇幻冒險！

升上高中三年級後的首次定期考，康雄竟拿了三科不及格！與此同時，一名新的異世界使者哈利雅來到康雄等人面前。身為蒂雅娜上司的她，反對康雄進行勇者修行，甚至追殺到學校。與此同時還被翔子誤會他和蒂雅娜的關係，兩人之間尷尬不已……

各 **NT$220~240/HK$68~75**

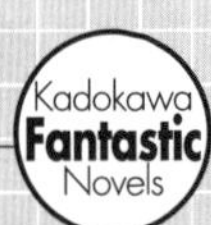

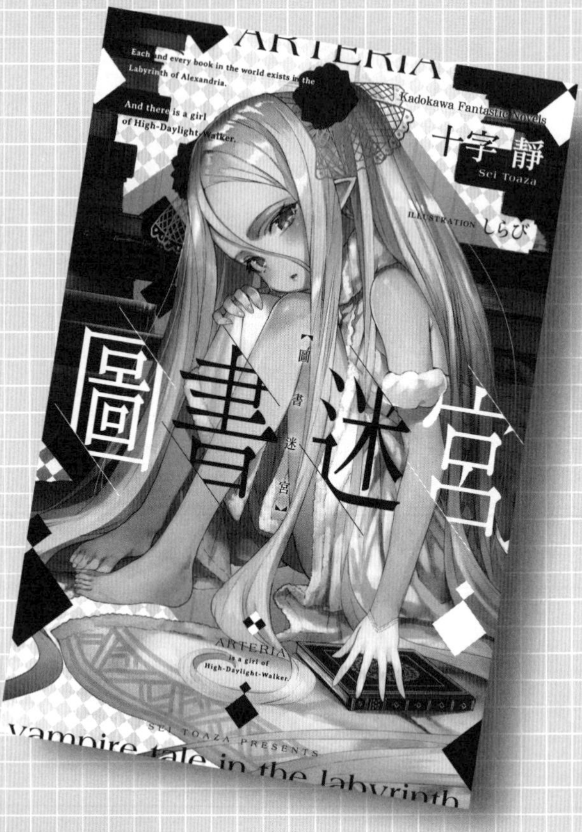

圖書迷宮

Kadokawa Fantastic Novels

作者：十字 靜　插畫：しらび

取得撰寫一切真相的書籍，奪回失去的記憶吧！
第十屆MF文庫J輕小說新人賞的問題作品在此問世——

你必須回想起來。必須找出隱藏在心理創傷深處的殺父仇人，必須與身為吸血鬼真祖的少女——阿爾緹莉亞一起行動。然而，你有一項極大的障礙——你的記憶只能維持八小時。請你奮力掙扎，為了身為一名人類。為了找回所有記憶——

NT$320/HK$98

幸會，食人鬼。

作者：大澤めぐみ　插畫：U35

這是《你好哇，暗殺者。》的前傳，
講述澤惠與阿梓相遇的故事。

「啊，妳醒啦？」陌生的天花板，嗆鼻的血腥味。這是哪裡？我為什麼倒在地上呢？「妳要小心吃人的man喔。」街坊傳說專挑美少女的連續殺人魔？「聽說他會綁架美少女，然後大卸八塊吃掉喔～」對了，我一定要找出那傢伙——「然後親手宰掉才行。」

NT$200/HK$60

終將成為神話的放學後戰爭 1~6 待續

Kadokawa Fantastic Novels

作者：なめこ印　插畫：よう太

賭上一切對抗吧，
這場戰鬥將成為嶄新神話的序曲！

布倫希爾德突然的告白讓雷火感到困惑，夏洛特也無法壓抑滿溢出來的愛慕之情。兩人交換了約定，而雷火迎向決戰！不過，阻擋在前的卻是理應身為管理者的天華——從她口中道出了十年前的真相，與神話代理戰爭背後隱藏的目的是？

各 **NT$200~250/HK$60~82**

境域的偉大祕法 1~3（完）

作者：繪戸太郎　插畫：パルプピロシ

怜生擊退「縫補公爵」雷歐・法蘭肯斯坦，
但聯盟趁機正式啟動建立妖精人國度的計畫——

在之前的騷動之中，一群人造人少女——伊蘿哈、妮依娜、莎庫雅——逃走了，她們為了實現自己的夢想，決定向「緋紅龍王」宣戰！不僅如此，就連理應不存在於這個世上的人物，也出現在怜生面前……激烈過度的魔王狂宴，再次交換誓言的第三幕上演！

各 **NT$220~250/HK$68~75**

藥師少女的獨語 1 待續

作者：日向夏　插畫：しのとうこ

後宮名偵探誕生？
酣暢淋漓的宮廷推理劇登場！

位處大陸中央的某個大國，有位姑娘置身於皇帝宮闕之中。姑娘名喚貓貓，原在煙花巷擔任藥師，眼下則在後宮做下女。其間，貓貓聽聞皇子身染重病而開始調查病因——以中世紀東方為舞臺，名偵探「試毒」少女將一一解決宮中發生的懸疑案件！

NT$220/HK$75

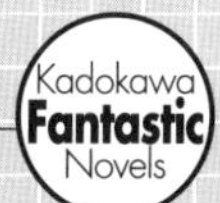

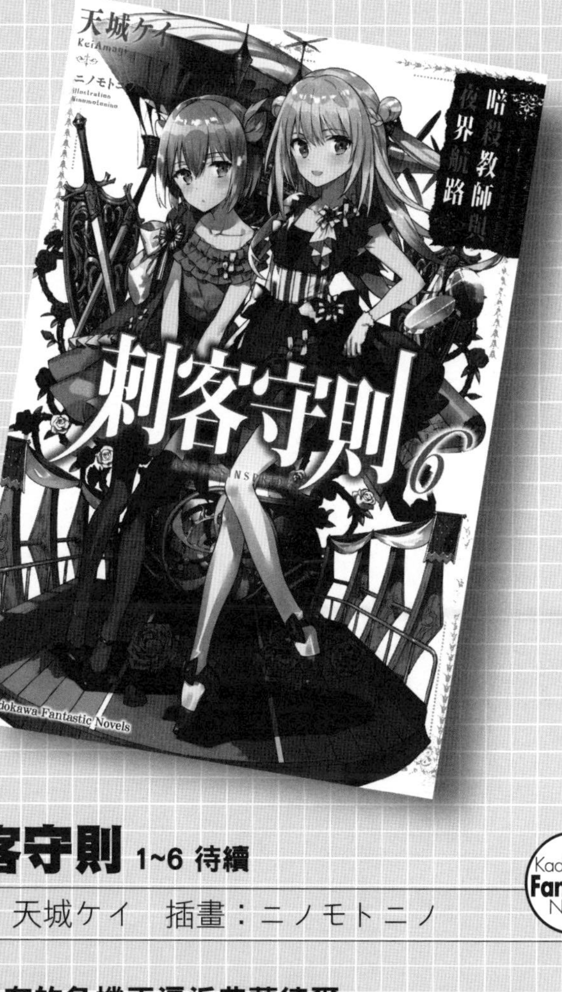

刺客守則 1~6 待續

Kadokawa Fantastic Novels

作者：天城ケイ　插畫：ニノモトニノ

前所未有的危機正逼近弗蘭德爾。
立於身分階級頂點之人齊聚一堂挑戰最艱難任務——

庫法與三大公爵家的當家和千金來到海邊。前方即為夜界，而眾公爵的目的地，其實是為阻擋來自夜界侵略所設置的「城堡」。奪回目前遭某人占據的城堡——在這項任務的背後，梅莉達與庫法還得向繆爾和塞爾裘質問關於「革新派」的事……

各 **NT$220~250/HK$68~82**

國家圖書館出版品預行編目資料

艾梅洛閣下. II, 世事件簿 / 三田誠原作 ; K.K.譯.
-- 初版. -- 臺北市 : 臺灣角川, 2019.06-
冊 ;　公分
譯自 : ロード・エルメロイ. II, 世の事件簿
ISBN 978-957-564-992-0(第3冊 : 平裝)

861.57　　　　　　108005637

Kadokawa
Fantastic
Novels

艾梅洛閣下Ⅱ世事件簿 3

（原著名：ロード・エルメロイⅡ世の事件簿 3）

2019年6月19日 初版第1刷發行
2019年7月18日 初版第2刷發行

原　　作：三田誠
插　　畫：坂本みねぢ
譯　　者：K.K.

發 行 人：岩崎剛人
總 經 理：楊淑媄
資深總監：許嘉鴻
總 編 輯：蔡佩芬
編　　輯：陳凱筠
美術設計：宋芳茹
印　　務：李明修（主任）、黎宇凡、張凱棋

發 行 所：台灣角川股份有限公司
地　　址：105台北市光復北路11巷44號5樓
電　　話：（02）2747-2433
傳　　真：（02）2747-2558
網　　址：http://www.kadokawa.com.tw
劃撥帳戶：台灣角川股份有限公司
劃撥帳號：19487412
法律顧問：有澤法律事務所
製　　版：尚騰印刷事業有限公司
ISBN：978-957-564-992-0

3
「case.雙貌塔伊澤盧瑪（下）」